DES MÊMES AUTEURS :

BOUCQ

LES PIONNIERS DE L'AVENTURE HUMAINE
POINT DE FUITE POUR LES BRAVES
LA PEDAGOGIE DU TROTTOIR
LA DERISOIRE EFFERVESCENCE DES COMPRIMES
Ed. Casterman

En collaboration avec Jerome Charyn :
LA FEMME DU MAGICIEN
BOUCHE DU DIABLE
Ed. Casterman

En collaboration avec Philippe Delan :
LA VIE, LA MORT ET TOUT LE BAZAR
Ed. Dargaud
PAS DE DEO GRATIAS POUR ROCK MASTARD
Ed. Bédéfil

JODOROWSKY

En collaboration avec ARNO
ALEF-THAU
T1 : L'ENFANT TRONC
T2 : LE PRINCE MANCHOT
T3 : LE ROI BORGNE
T4 : LE SEIGNEUR DES ILLUSIONS
T5 : L'EMPEREUR BOITEUX
T6 : L'HOMME SANS REALITE
Ed. Humanoïdes associés

En collaboration avec BESSE
LE LAMA BLANC
T1 : LE LAMA BLANC
T2 : SECONDE VUE
T3 : LES TROIS OREILLES
T4 : LA QUATRIEME VOIX
Ed. Humanoïdes associés

En collaboration avec JANJETOV
DIFOOL AVANT L'INCAL
T1 : DIFOOL AVANT L'INCAL
T2 : DETECTIVE PRIVEE DE CLASSER
T3 : CROOT
T4 : ANARCO-PSYCHOTIQUES
Ed. Humanoïdes associés

En collaboration avec MOEBIUS
DIFOOL
T1 : L'INCAL NOIR
T2 : L'INCAL LUMIERE
T3 : CE QUI EST EN BAS
T4 : CE QUI EST EN HAUT
T5 : LA CINQUIEME ESSENCE N° 1
T6 : LA CINQUIEME ESSENCE N° 2
Ed. Humanoïdes associés

En collaboration avec MOEBIUS et ANNESTAY
LE MYSTERE DE L'INCAL
Ed. Humanoïdes associés

LE PARADIS DES PERROQUETS
Collection Barroco
Ed. Flammarion

ISBN 2-203-33848-2

Imprimé en Belgique par Casterman, S.A., Tournai. Dépôt légal: Octobre 1992; D. 1992/0053/148.

BOUCQ/JODOROWSKY

FACE DE LUNE
le dompteur de vagues

LA CATHÉDRALE INVISIBLE

casterman

Malheur à qui bâtit une ville dans le sang et fonde une citée sur l'injustice, car la violence le submergera...

**Ce n'est ni par la puissance ni par la force,
mais par l'esprit...**

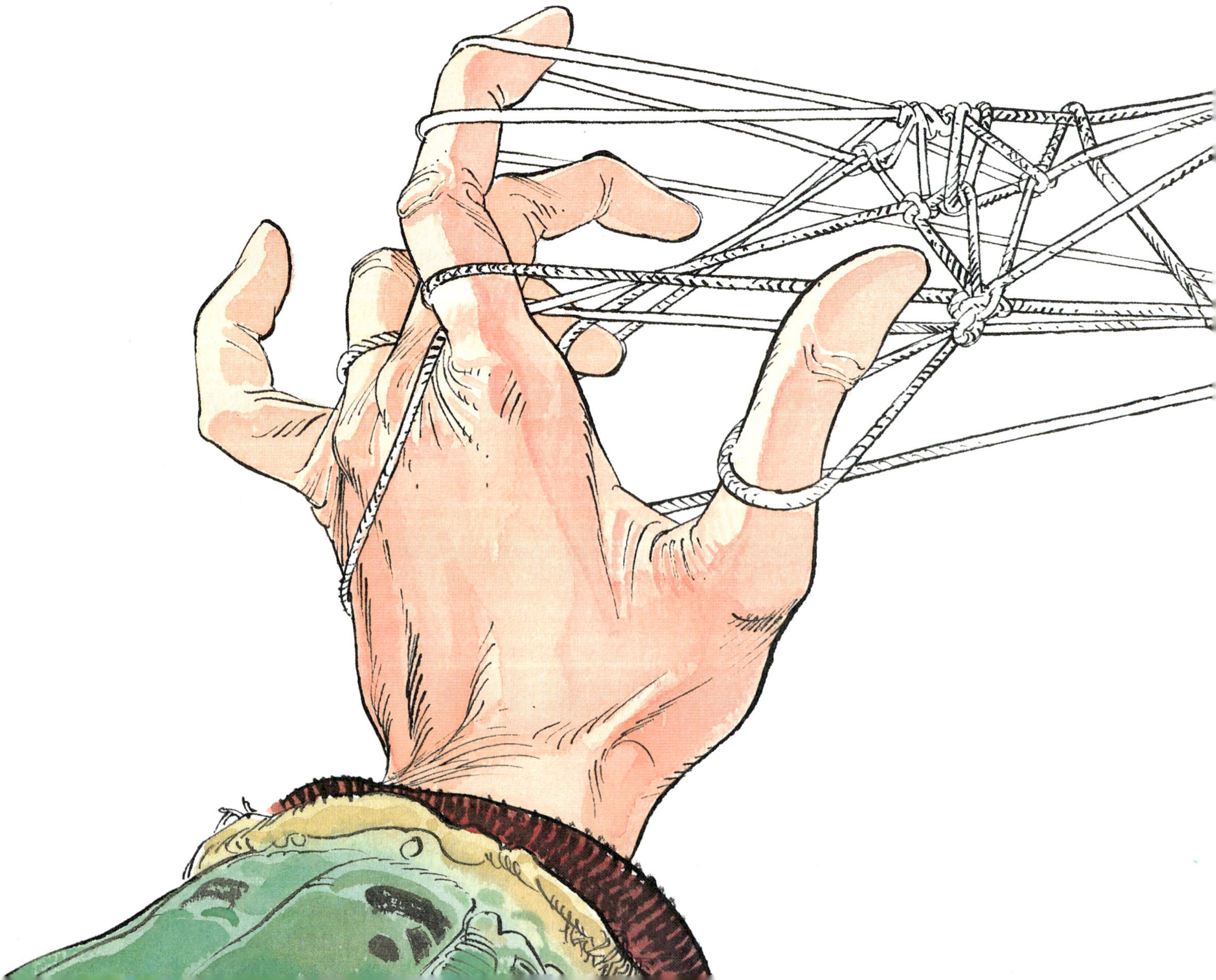

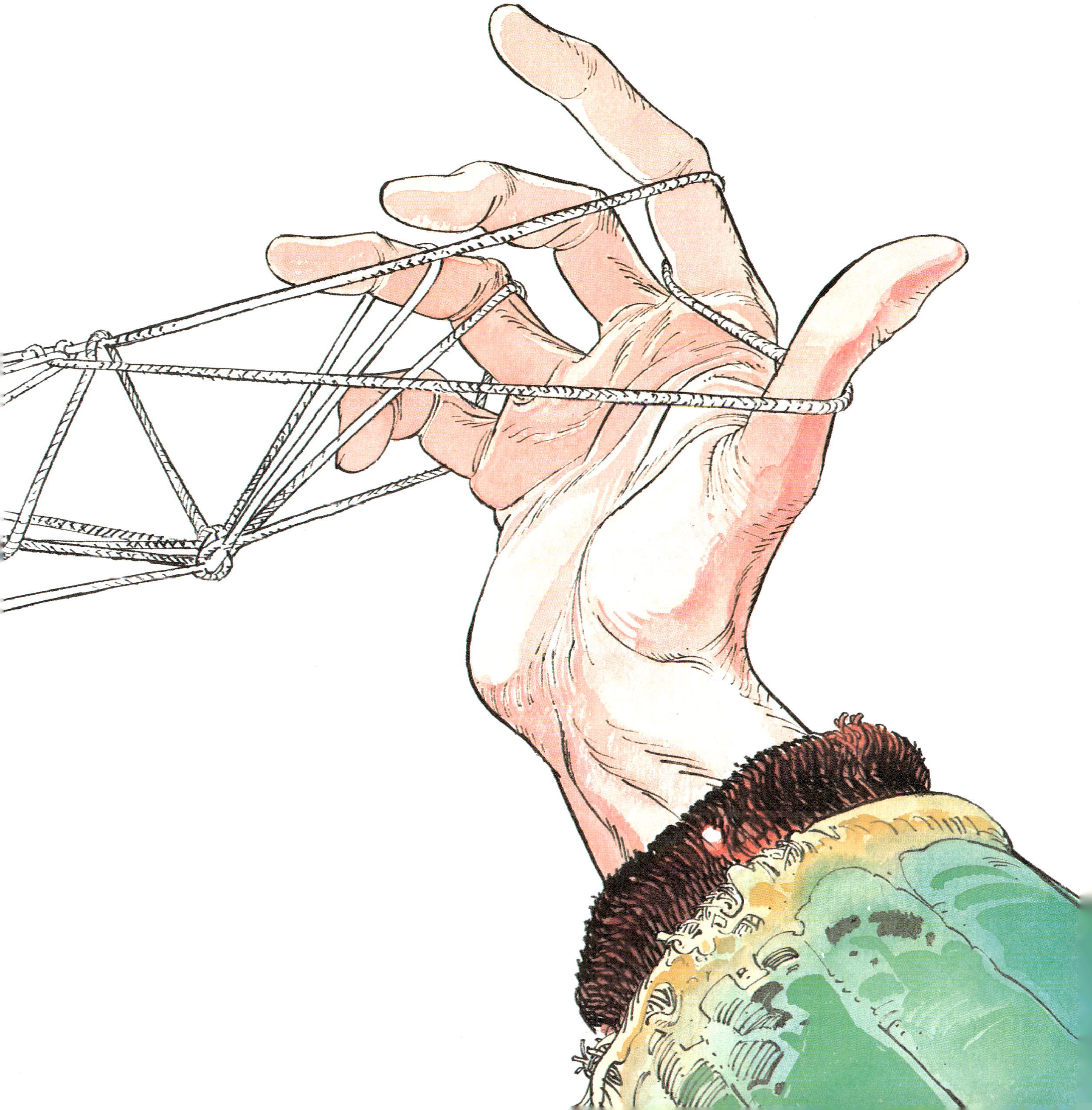

MAMAN ! REGARDE, LES OISEAUX ! LEURS SIRÈNES LES TUENT TOUS !
TOUCHE PAS ! ET CHUUT... TAIS-TOI. ON POURRAIT T'ENTENDRE !...
ALERTE, CITOYENS DE DAMANUESTRA, ALERTE ! DIRIGEZ-VOUS DANS LE CALME VERS L'ABRI LE PLUS PROCHE !... JE RÉPÈTE...
ABRI
ABRI

PUTASSERIE DE SIRÈNES! ENCORE UNE ALERTE!
LAISSEZ LES ÉPAVES, TOUS AUX CONDUITS!

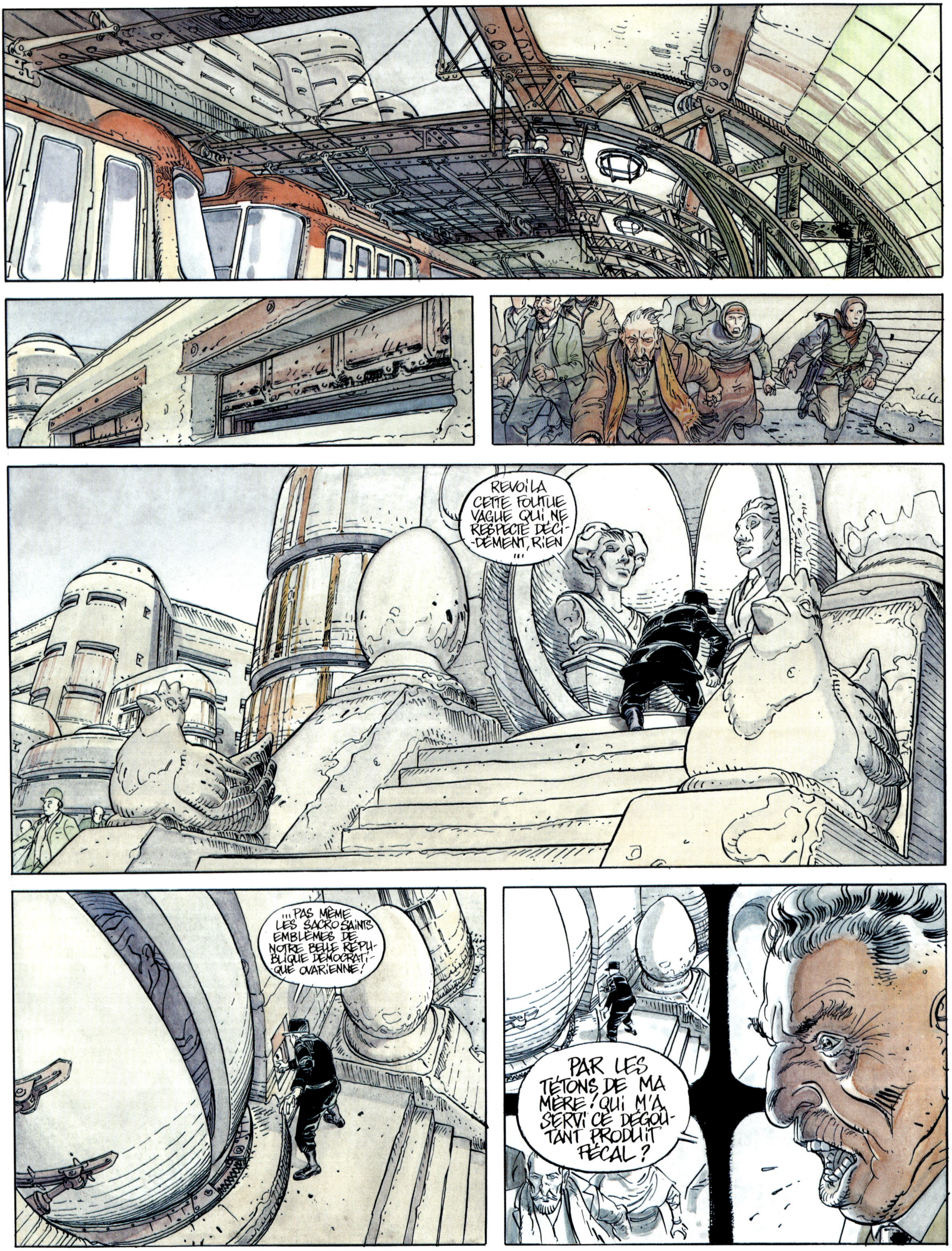
REVOILA CETTE FOUTUE VAGUE QUI NE RESPECTE DÉCI-DÉMENT, RIEN ...
... PAS MÊME LES SACRO SAINTS EMBLÈMES DE NOTRE BELLE RÉPU-BLIQUE DÉMOCRAT-QUE OVARIENNE !
PAR LES TÉTONS DE MA MÈRE ! QUI M'A SERVI CE DÉGOÛ-TANT PRODUIT FÉCAL ?

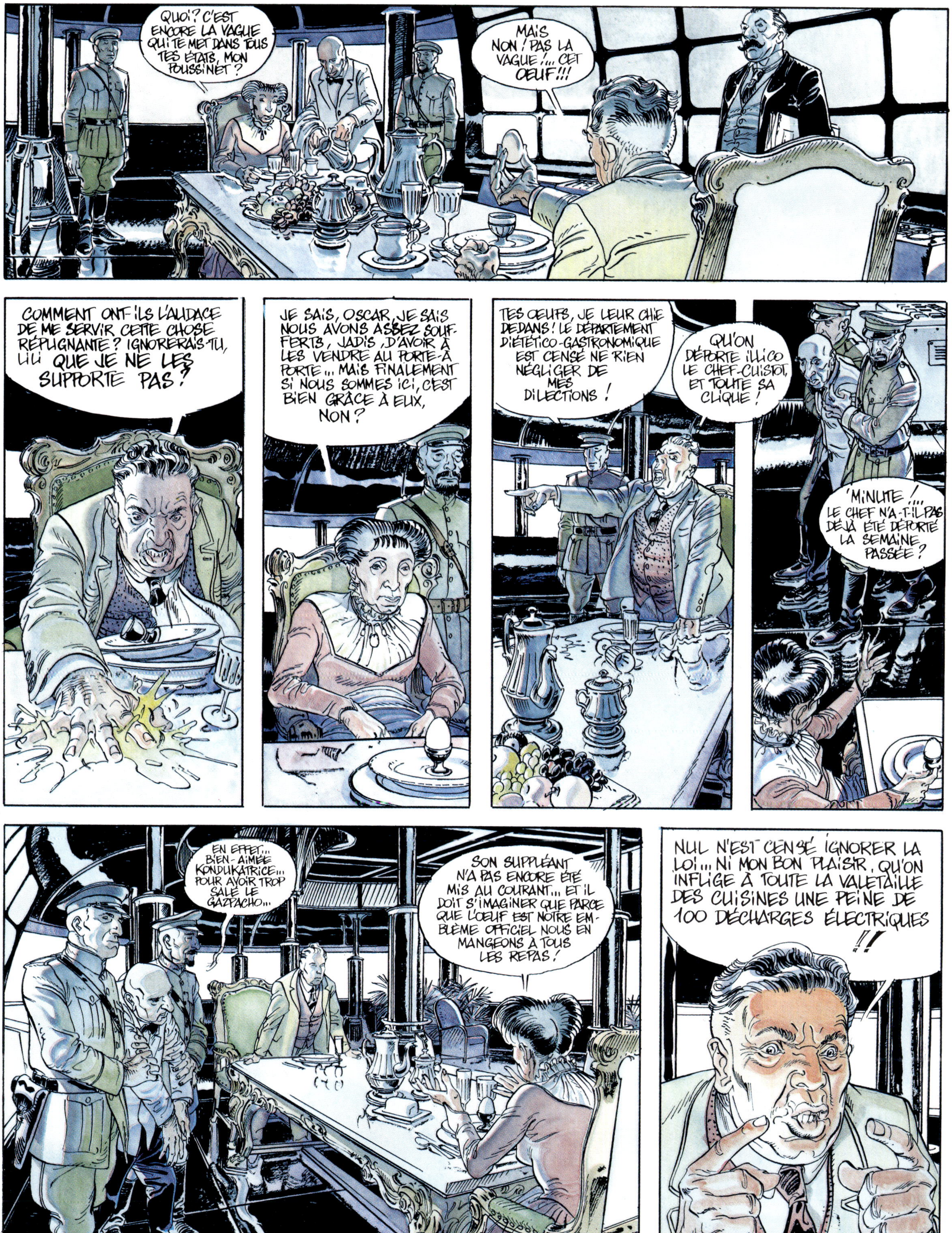
QUOI? C'EST ENCORE LA VAGUE QUI TE MET DANS TOUS TES ÉTATS, MON POUSSINET?
MAIS NON! PAS LA VAGUE!... CET OEUF!!!
COMMENT ONT-ILS L'AUDACE DE ME SERVIR CETTE CHOSE RÉPUGNANTE? IGNORERAIS-TU, LILI QUE JE NE LES SUPPORTE PAS!
JE SAIS, OSCAR, JE SAIS NOUS AVONS ASSEZ SOUFFERTS, JADIS, D'AVOIR À LES VENDRE AU PORTE-À-PORTE... MAIS FINALEMENT SI NOUS SOMMES ICI, C'EST BIEN GRÂCE À EUX, NON?
TES OEUFS, JE LEUR CHIE DEDANS! LE DÉPARTEMENT DIÉTÉTICO-GASTRONOMIQUE EST CENSÉ NE RIEN NÉGLIGER DE MES DILECTIONS!
QU'ON DÉPORTE ILLICO LE CHEF-CUISTOT, ET TOUTE SA CLIQUE!
'MINUTE!... LE CHEF N'A-T-IL PAS DÉJÀ ÉTÉ DÉPORTÉ LA SEMAINE PASSÉE?
EN EFFET... BIEN-AIMÉE KONDUKATRICE... POUR AVOIR TROP SALÉ LE GAZPACHO...
SON SUPPLÉANT N'A PAS ENCORE ÉTÉ MIS AU COURANT... ET IL DOIT S'IMAGINER QUE PARCE QUE L'OEUF EST NOTRE EMBLÈME OFFICIEL NOUS EN MANGEONS À TOUS LES REPAS!
NUL N'EST CENSÉ IGNORER LA LOI!... NI MON BON PLAISIR, QU'ON INFLIGE À TOUTE LA VALETAILLE DES CUISINES UNE PEINE DE 100 DÉCHARGES ÉLECTRIQUES !!

PITIÉ, Ô KONDUKATOR VÉNÉRÉ ! LES 200 DÉCHARGES D'HIER M'ONT DÉJÀ MIS À GENOUX... JE N'EN SUPPORTERAI JAMAIS 100 DE PLUS !!!
ET DANS LE SCROTUM, HEIN ! VEILLEZ-Y ! SED LEX, DURA LEX
JE VAIS TE PRÉPARER MOI-MÊME, MON POUSSINET, LES TRIPES BOLOGNAISES QUE TE FAISAIT TA MAMAN, MAIS JE T'EN PRIE CALME-TOI... N'ENFLAMME PAS TES HÉMORROÏDES !!!
C'EST BON !... À PRÉSENT... LES NOUVELLES !!!
VOYONS UN PEU CE QUE PENSE LA SCIENCE DE CE DÉFERLEMENT ININTERROMPU DE VAGUES GIGANTESQUES QU'EN DIT NOTRE INVITÉ D'AUJOURD'HUI ? MONSEIGNEUR GROÏSSMAN ?
JUSQU'ALORS NOUS N'AVIONS ENCORE JAMAIS OBSERVÉ RAZ DE MARÉE À CE POINT MONSTRUEUX. IL SEMBLERAIT MÊME QU'UN PROCESSUS DE CROISSANCE CONTINUE SOIT À L'OEUVRE COMME VOUS POURREZ D'AILLEURS LE CONSTATER SOUS PEU !
CAR... À CONDITION DE TRADUIRE EN TERMES DE TEMPS LA PROGRESSION SPATIALE, IL SERAIT VAIN D'ESSAYER DE DISSIMULER QUE LA PROCHAINE DE CES VAGUES SERA LÀ DANS CINQ MINUTES
DANS CINQ MINUTES !!! DIVINE MAMAN CHÉRIE ! ILS AURAIENT PU PRÉVENIR LE KONDUKATOR SUPRÊME PLUS TÔT !

OBTUREZ LE PALAIS ! BLOQUEZ TOUTES LES ISSUES ! REPLIEZ LE PONT RÉTRACTIBLE ! IMMERGEZ LE SUBMERSIBLE !

TES TRIPES BOLOGNAISES, POUSSINET !... MANGE PENDANT QUE C'EST CHAUD !
LIBÉRATION ANTICIPÉE DE TOUS LES PRISONNIERS POLITIQUES ! ORDRE DU KONDUKATOR, EN PERSONNE !
ALLEZ REMUEZ-VOUS LE TRAIN, ENFOIRÉS D'INTELLOS ! GICLEZ !

DANS SON IMMENSE CLÉMENCE, LE COUPLE PRÉSIDENTIEL DE LA R.D.O VIENT DE DÉCIDER AUJOURD'HUI LA RELAXATION DE TOUS LES OPPOSANTS AU RÉGIME. PARMI CEUX-CI, NOUS POUVONS RECONNAÎTRE L'EX-CHEF CUISINIER DU PALAIS, TATOUM. BENAYOUM...

PENDANT L'ALERTE NOUS DIFFUSERONS UN RÉCITAL DE NOTRE PREMIÈRE DAME POÉTESSE LILI DE LAZO, INTITULÉ, "FURIES ET BAISERS"

MALDIT TYRAN! IL NOUS LIBÈRE POUR NOUS VOIR NOUS NOYER COMME DES CHIENS! PLANQUEZ-VOUS!

UNE PORTE A CÉDÉ ! BAISSEZ LES BLINDAGES COUPE-VAGUES ! VITE ! ON VA TOUS CREVER !

FABULEUX ! GRANDIOSE ! LA VAGUE NETTOIE TOUT SUR SON PASSAGE ! RAYÉS DE LA CARTE LES BIDONVILLES ! BALAYÉS LES DÉVIATIONNISTES ! QUELLE FORMIDABLE ALLIÉE, POUR NOTRE RÉGIME !
NE T'EXALTE PAS COMME ÇA PITCHOUNET ! TU VAS ENCORE TE FAIRE PÉTER LES HÉMORROÏDES !
ET ALORS ?... QU'EST-CE QU'UN LÉGER PRURIT ANAL, EN REGARD DE NOTRE NOBLE CAUSE !
CERTES !... MAIS SI LA VAGUE TUAIT TROP D'INNOCENTES VICTIMES NOUS RISQUERIONS UN SOULÈVEMENT GÉNÉRAL, PITCHOUNET !
AH, LILI... C'EST QU'ON NE FAIT PAS DE DÉMOCRATIE LIBÉRALE OVARIENNE SANS CASSER DES OEUFS, VOIS-TU !!! HÉHÉHÉ...

INVRAISEMBLABLE ! C'EST À N'EN PAS CROIRE SES YEUX !
C'EST DIABOLIQUE ! COMMENT NE PAS CROIRE AUX PUISSANCES DÉMONIAQUES, APRÈS AVOIR VU ÇA ?!?
QU'AVEZ-VOUS VU ?
MINUTE !... JE REPRENDS L'ENREGISTREMENT UN PEU EN ARRIÈRE... J'AI VU QUELQU'UN DEHORS ! DEBOUT SUR LA FALAISE SANS QUE LA VAGUE NE LE PERCUTE !
REGARDEZ... C'EST BIEN UN HOMME ! MA PAROLE, MAIS IL DANSE !... LA VAGUE S'OUVRE DEVANT LUI, L'ÉPARGNANT DE SA FUREUR !
C'EST IRRÉEL, ÉPOUVANTABLE !
COMPLÈTEMENT DÉMENTIEL, OUI ! CE CAS RELÈVE TYPIQUEMENT DE LA COMPÉTENCE DE LA P.S.K. !
ÇA N'A RIEN DE RÉJOUISSANT DE DEVOIR FAIRE APPEL À LA MILICE ET À LA POLICE SECRÈTE KONDUKATORIALE MAIS C'EST LA PROCÉDURE EN PAREIL CAS !...

LA VAGUE REFLUE, MAIS ATTENDEZ LES ORDRES POUR SORTIR DE VOS ABRIS ! LES POMPES REFOULANTES ET LES ÉQUIPES DE DÉBLAIEMENT SONT DÉJÀ ENTRÉES EN ACTION SUR LE TERRAIN...
ABRI
ABRI

LES COMMUNICATIONS SONT RÉTABLIES AVEC LE PALAIS, MONSEIGNEUR GROÏSSMAN !
PARFAIT ! ALLONS-Y !

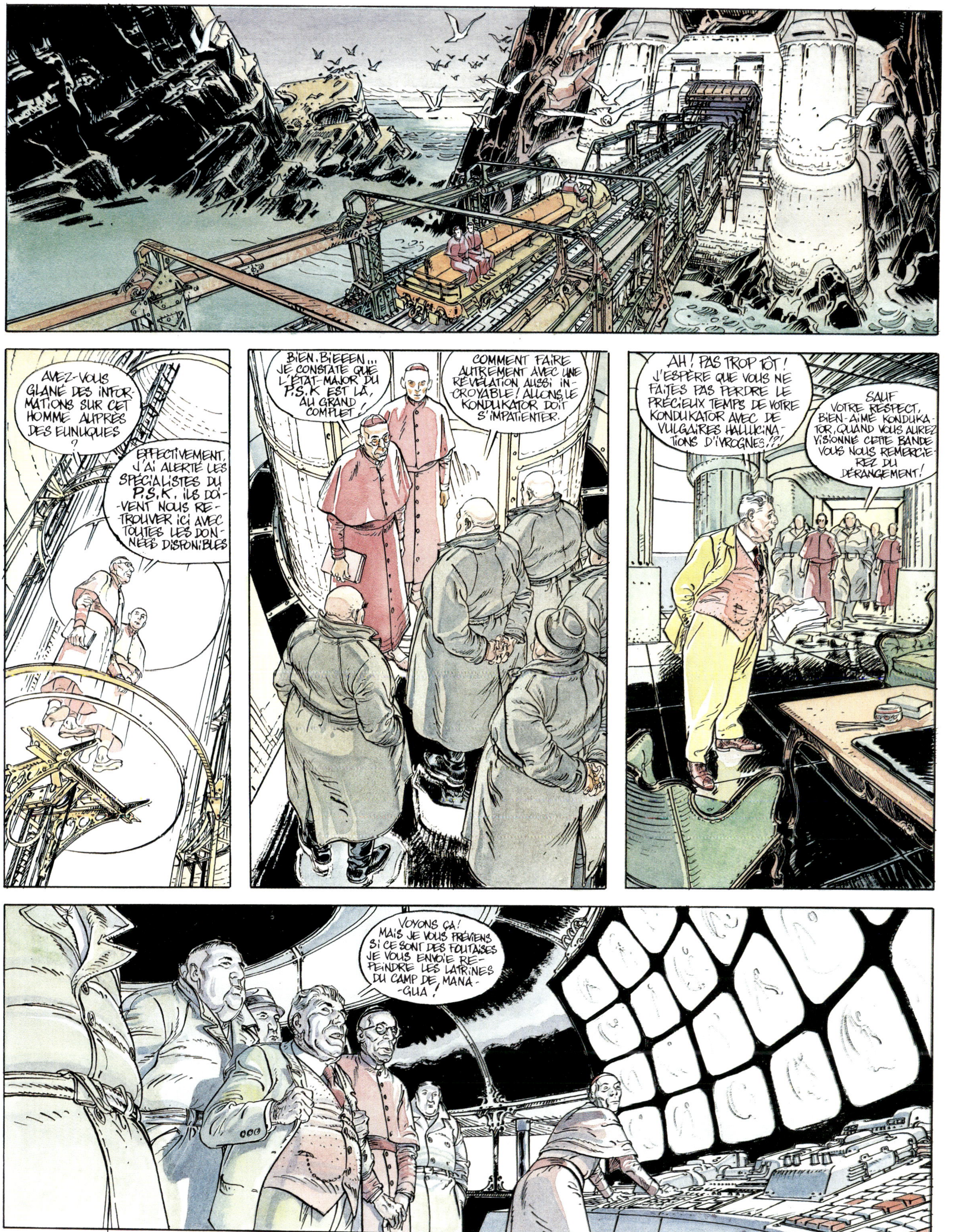
AVEZ-VOUS GLANÉ DES INFORMATIONS SUR CET HOMME AUPRÈS DES EUNUQUES ?
EFFECTIVEMENT. J'AI ALERTÉ LES SPÉCIALISTES DU P.S.K, ILS DOIVENT NOUS RETROUVER ICI AVEC TOUTES LES DONNÉES DISPONIBLES
BIEN, BIEEEN... JE CONSTATE QUE L'ÉTAT-MAJOR DU P.S.K EST LÀ, AU GRAND COMPLET !
COMMENT FAIRE AUTREMENT AVEC UNE RÉVÉLATION AUSSI INCROYABLE ! ALLONS, LE KONDUKATOR DOIT S'IMPATIENTER.
AH ! PAS TROP TÔT ! J'ESPÈRE QUE VOUS NE FAITES PAS PERDRE LE PRÉCIEUX TEMPS DE VOTRE KONDUKATOR AVEC DE VULGAIRES HALLUCINATIONS D'IVROGNES !?!
SAUF VOTRE RESPECT, BIEN-AIMÉ KONDUKATOR, QUAND VOUS AUREZ VISIONNÉ CETTE BANDE VOUS NOUS REMERCIEREZ DU DÉRANGEMENT !
VOYONS ÇA ! MAIS JE VOUS PRÉVIENS SI CE SONT DES FOUTAISES JE VOUS ENVOIE REPEINDRE LES LATRINES DU CAMP DE MANAGUA !

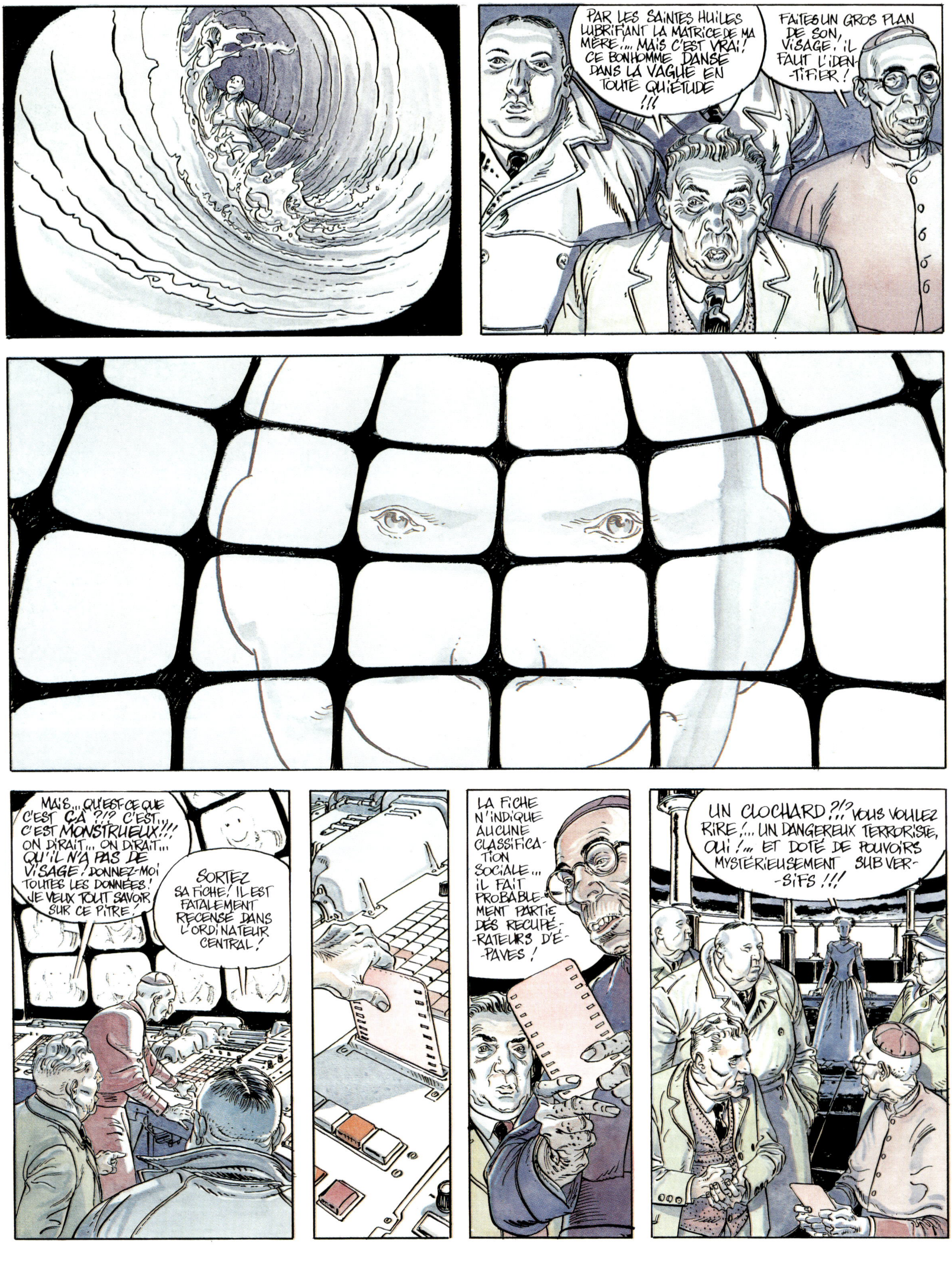

PAR LES SAINTES HUILES LUBRIFIANT LA MATRICE DE MA MÈRE !... MAIS C'EST VRAI ! CE BONHOMME DANSE DANS LA VAGUE EN TOUTE QUIÉTUDE !!!
FAITES UN GROS PLAN DE SON VISAGE, IL FAUT L'IDENTIFIER !
MAIS... QU'EST-CE QUE C'EST ÇA ?!? C'EST... C'EST MONSTRUEUX !!! ON DIRAIT... ON DIRAIT... QU'IL N'A PAS DE VISAGE ! DONNEZ-MOI TOUTES LES DONNÉES ! JE VEUX TOUT SAVOIR SUR CE PITRE !
SORTEZ SA FICHE ! IL EST FATALEMENT RECENSÉ DANS L'ORDINATEUR CENTRAL !
LA FICHE N'INDIQUE AUCUNE CLASSIFICATION SOCIALE... IL FAIT PROBABLEMENT PARTIE DES RÉCUPÉRATEURS D'ÉPAVES !
UN CLOCHARD ?!? VOUS VOULEZ RIRE !... UN DANGEREUX TERRORISTE, OUI !... ET DOTÉ DE POUVOIRS MYSTÉRIEUSEMENT SUBVERSIFS !!!

IMAGINEZ UN SEUL INSTANT QU'IL TRANSMETTE SON POUVOIR À LA POPULACE INSATISFAITE ET C'EST TOUT NOTRE SYSTÈME COERCITIF QUI DEVIENT CADUC ! IL FAUT AGIR ! DISCRÈTEMENT, ET VITE ! CET INDIVIDU EST UNE MENACE, IL PEUT DEVENIR UN PORTE-PAROLE, UN MENEUR !
VOUS AVEZ ENTENDU ! JE VEUX VOIR CET AGITATEUR ICI AU PLUS VITE ! IL FAUT L'EMPÊCHER DE NUIRE À TOUT PRIX ! EXÉCUTION !
NOUS L'AVONS DÉJÀ LOCALISÉ SUR LA PLAGE DE LA SOLEDAD ! NOS TROUPES D'ÉLITE L'AURONS BIENTÔT CIRCONSCRIS. SOYEZ SANS CRAINTE !

HÉ, BORRADO !
C'EST MERVEILLEUX ! ÇA Y EST, TU SAIS NOUER MON NOM !... C'EST BIEN ÇA...
... ISHA !
QU'EST-CE QUE TU ÉCOUTES LÀ-DEDANS ?
TA MÈRE ?!! TU N'AS PAS DE MÈRE COMMENT PEUX-TU L'ENTENDRE ? PUISQU'ELLE TE PARLE, TU COMPRENDS CE QU'ELLE TE DIT ?
SI UN JOUR ELLE TE DIT D'OÙ TU VIENS, SURTOUT NE ME LE DIS PAS ...
JE PRÉFÈRE QUE TU GARDES TON MYSTÈRE

... TU ES SI DIFFÉRENT DES AUTRES... ... MAIS... QU'AS-TU, BORRADO, POURQUOI PLEURES-TU ?
QUOI, QU'EST-CE QU'IL Y A LÀ-BAS ?
UN TÉOHUACAN ! IL AGONISE !
NOUS SOMMES DES GUERRIERS ET COMME DES GUERRIERS NOUS DEVONS VIVRE !

NOUS DEVONS CONTINUER À COMBATTRE DIGNEMENT COMME NOS ANCÊTRES ET COMME AVANT EUX, LEURS ANCÊTRES.
RAMEZ, MES POUSSINS, NOUS ALLONS REVIVRE LA GRANDE LUTTE SACRÉE!
REGARDE CES SAUVAGES, ILS VONT MASSACRER CETTE PAUVRE BÊTE DÉJÀ À DEMI-MORTE!...
TREMBLE TÉOHUACAN, TU VAS MOURIR. CES EAUX IGNOBLES T'ONT EMPOISONNÉ MAIS TU TE BATTRAS POUR PÉRIR GLORIEUSEMENT COMME TU LE MÉRITES
LANCEZ VOS HARPONS, MES CHÉRUBINS! QU'ILS PÉNÈTRENT BIEN PROFOND!

PRENEZ GARDE À LA PUISSANCE DE SON DERNIER COUP DE QUEUE, LE MONSTRE REND L'ÂME ...
ÇA YEST, IL EST MORT! MAUDIT TOTRANIUM, C'EST LUI QUI REND NOS EAUX RADIO-ACTIVES, EMPOISONNE LES TÉOHUACANS ET REND LEUR CHAIR PESTI-LENTIELLE...
NOUS NE POUVONS EN RESTER LÀ, LA LUTTE A BESOIN DE SANG, IL N'Y A PAS DE VÉRITABLES COMBATS SANS SACRIFICE!
MONTRONS À NOS ANCÊTRES QUE NOUS SOMMES AUSSI VALEUREUX QU'EUX!
PURIFIONS-NOUS OFFRONS CE QUE NOUS AVONS DE PLUS CHER!
DANS LA LUTTE, LA BÊTE M'AU-RAIT TRANCHÉ LE BRAS!...
J'OFFRIRAIS MA JAMBE GAUCHE PLEINE DE JEUNESSE...
MOI, ELLE M'AURAIT CREVÉ L'OEIL! VIVE LA FÉROCITÉ DU TÉOHUACAN!
À CE MOMENT IL AURAIT RENVERSÉ LA BARQUE!

MOI, J'AURAIS ÉTÉ HAPPÉ DANS LES ABIMES SOUS-MARINS! J'OFFRE MA MISÉRABLE VIE EN HONNEUR DE LA BÊTE HÉROÏQUE!
C'EST AU PRIX DE TOUS CES SACRIFICES QUE NOUS T'AVONS VAINCU, MONSTRE SANGUINAIRE! GLOIRE À NOUS!
ILS SONT TOUS EN TRANSE, REVIENS BORRADO! ILS VIENNENT POUR LE DÉPECER SUR LE RIVAGE! NE TE MÊLE PAS DE ÇA!
ILS SONT IVRES DE SANG!
JE VAIS OUVRIR TES FLANCS ET EXPLORER TES VISCÈRES, TÉOHUACAN!...
OÙ EST-IL TON TRÉSOR?... CACHÉ DANS TON VENTRE, GONFLÉ COMME UNE OUTRE?!
QUI SERA LE HÉROS? QUI, QUI?

REGARDEZ ! ELLE A VOMI UN PETIT DU COEUR DE SES ENTRAILLES ! NE LE LAISSEZ PAS S'ÉCHAPPER ! VITE UN FILET !
REVIENS, BORRADO ! REVIENS !
ENFIN, UN VRAI COMBAT QUI VA PROUVER NOTRE VAILLANCE !
POUSSE-TOI DE LÀ OÙ L'ON FAIT D'UNE PIERRE DEUX COUPS !

DÉGAGE, FACE DE CUL! CE SONT NOS AFFAIRES Y'A PAS DE PLACE ICI POUR LES PAÏENS!
ARRÊTEZ! N'Y TOUCHEZ PAS, IL EST À MOI!
RÉJOUISSEZ-VOUS NOUS AVONS ENFIN TUÉ UN MONSTRE VIVANT!
NOUS SOMMES PAREILS À NOS ANCÊTRES NOUS SOMMES DIGNES D'EUX

C'EST MOI, C'EST MOI !
C'EST MOI QUI AI SON COEUR !
JE SUIS LE HÉROS ! LA DÉESSE VIERGE EST POUR MOI, C'EST MOI LE REPRODUCTEUR ! DIEU M'A CHOISI, JE SUIS LE HÉROS !
PAUVRES ÉGARÉS, TOI AUSSI TU TE DEMANDES POURQUOI CETTE BOUCHERIE ABSURDE !
ALLEZ, ALLEZ, DÉPÊCHONS !
IL NE PEUT PAS ÊTRE BIEN LOIN, ET SOUVENEZ-VOUS QU'IL NOUS LE FAUT VIVANT !
QUADRILLEZ TOUT LE SECTEUR ! FAITES MONTER LES CHIENS, CET ENDROIT EST PLEIN DE CACHETTES POSSIBLES.
PAR LÀ, C'EST LE VILLAGE DES PÊCHEURS UNIQUEMENT ACCESSIBLE PAR LA MER OU LE CÂBLE !

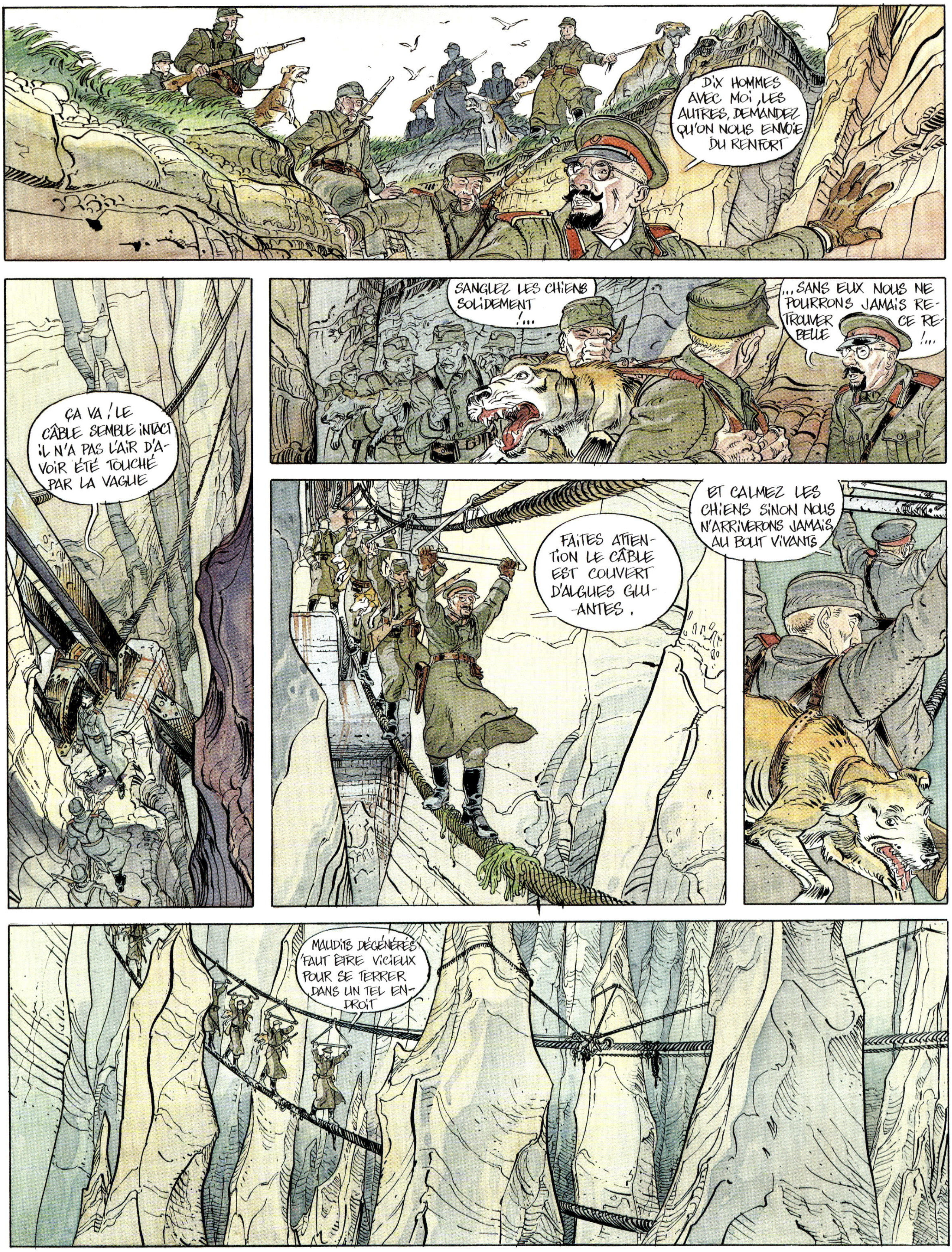
DIX HOMMES AVEC MOI, LES AUTRES, DEMANDEZ QU'ON NOUS ENVOIE DU RENFORT
ÇA VA ! LE CÂBLE SEMBLE INTACT IL N'A PAS L'AIR D'AVOIR ÉTÉ TOUCHÉ PAR LA VAGUE
SANGLEZ LES CHIENS SOLIDEMENT !...
...SANS EUX NOUS NE POURRONS JAMAIS RETROUVER CE REBELLE !...
FAITES ATTENTION LE CÂBLE EST COUVERT D'ALGUES GLUANTES.
ET CALMEZ LES CHIENS SINON NOUS N'ARRIVERONS JAMAIS AU BOUT VIVANTS
MAUDITS DÉGÉNÉRÉS ! FAUT ÊTRE VICIEUX POUR SE TERRER DANS UN TEL ENDROIT

AÏE, CE BÂTARD M'A GRIFFÉ LE VISAGE ! IL EST HYPER EXCITÉ
PAR LA SAINTE KONDUKATRICE ! RÉTABLISSEZ L'ÉQUILIBRE ! ON VA TOUS Y PASSER !!
IL FALLAIT S'Y ATTENDRE ! ... JE FERAI DÉCORER CE CHIEN ET CE SOLDAT ! CE BRAVE A PRÉFÉRÉ LA MORT PLUTÔT QUE DE LÂCHER SON CHIEN, IL MÉRITE AMPLEMENT SA MÉDAILLE !
MOI, LISHMAN, SHAMAN SUPRÊME, J'ORDONNE !
...QUE LA CÉRÉMONIE COMMENCE !

GLOIRE AUX GUERRIERS GLOIRE AU VAINQUEUR !...
...QUE LES FEMMES VIENNENT LÉCHER MES PIEDS ET MES MAINS POUR RECUEILLIR LA SACRO-SAINTE ENERGIE QU'ELLES TRANSMETTRONT ENSUITE À LEURS CHAMPIONS
GLOIRE AU VAINQUEUR DES VAINQUEURS !
GLOIRE
QU'AVANCE MAINTENANT LA PROCESSION ET QU'ENTRE ENFIN LE HÉROS TRIOMPHATEUR, GLOIRE À LUI !
LE HÉROS PORTE LE PHALLUS BÉNI, IL AMÈNE CHANCE, PLÉNITUDE, FORCE PUISSANCE ET BONHEUR À CELUI QUI LE TOUCHE !

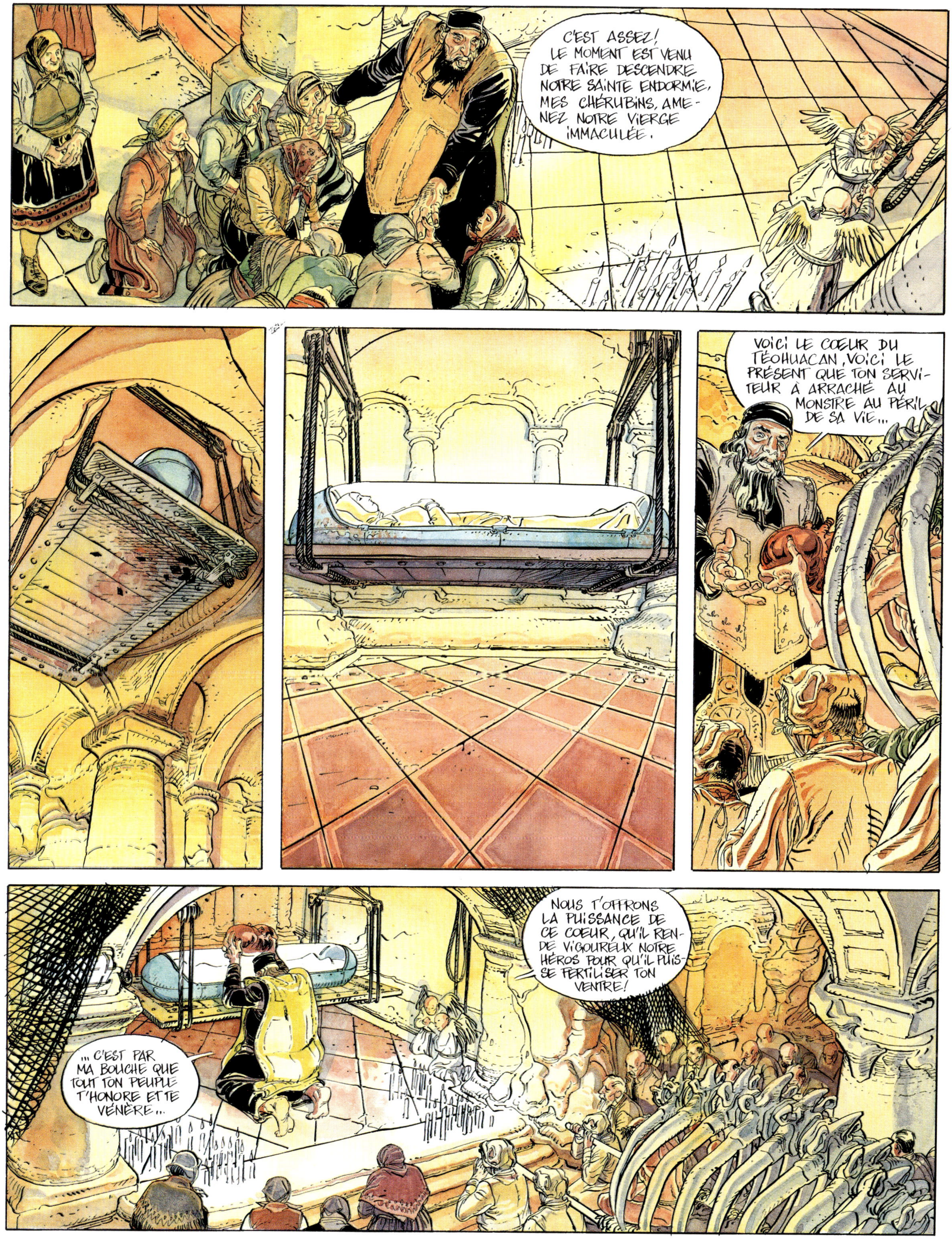
C'EST ASSEZ! LE MOMENT EST VENU DE FAIRE DESCENDRE NOTRE SAINTE ENDORMIE. MES CHÉRUBINS, AMENEZ NOTRE VIERGE IMMACULÉE.
VOICI LE COEUR DU TÉOHUACAN, VOICI LE PRÉSENT QUE TON SERVITEUR A ARRACHÉ AU MONSTRE AU PÉRIL DE SA VIE...
NOUS T'OFFRONS LA PUISSANCE DE CE COEUR, QU'IL RENDE VIGOUREUX NOTRE HÉROS POUR QU'IL PUISSE FERTILISER TON VENTRE!
...C'EST PAR MA BOUCHE QUE TOUT TON PEUPLE T'HONORE ET TE VÉNÈRE...

DÉESSE ENDORMIE, NOTRE VIERGE, TOI QUI NE T'ÉVEILLERAS QU'ENCEINTE D'UN DE NOS CHAMPIONS POUR ACCOUCHER DU SAUVEUR, SERS-TOI DE MOI; EXPRIME-TOI PAR MA BOUCHE!
PAR ICI, BORRADO! JE CONNAIS MIEUX CE LABYRINTHE QUE LES LIGNES DE MA MAIN!
NOUS ALLONS ABOUTIR JUSTE AU-DESSUS DE LA CHAPELLE DES CÉRÉMONIES
ME VOICI BLANCHE ET BONNE! ME VOICI BLONDE ET BELLE!.. MOI, MARIE, VOTRE VIERGE ET DÉESSE...
MMM... L'AMOUR FAIT CHAIR DE MON PEUPLE EST SUCCULENT... IL SE DIFFUSE DANS MON CORPS JE SENS SOURDRE EN MOI DES DÉSIRS VIOLENTS!..
NOUS TE SALUONS, VIERGE IMMACULÉE QUI TE NOURRIS DU COEUR DES MONSTRES, GLOIRE À TOI!
AVE MARIE!
REGARDE, BORRADO, TU VOIS CETTE FEMME-LÀ PERSONNE NE SAIT QUI ELLE EST... ELLE A ÉTÉ TROUVÉE DANS LE VENTRE D'UN TÉOHUACAN, IL Y A BIEN LONGTEMPS ELLE EST COMME EN CATALEPSIE...

USHMAN S'EST SERVI D'ELLE POUR CRÉER UN CULTE SYNCRÉTIQUE IL A MESMERISÉ TOUS LES PÊCHEURS PROFITANT DE LEURS SENTIMENTS RELIGIEUX. CE POURCEAU LES TIENT EN SON POUVOIR.
LE SEXE ME BRÛLE MON CORPS EST DE BRAISE JE SUIS UN FOYER DE PASSIONS!..
L'ENVIE ME VIENT, D'UN CHAMPION! DESHABILLEZ-MOI MES CHÉRUBINS! ...
...JE VEUX UN SEXE JEUNE ET ARDENT, CELUI D'UN VAINQUEUR! CELUI QUI M'A AMENÉ LE COEUR DU MONSTRE!
C'EST LUI, IL EST LÀ! GLOIRE À LUI!
LE CHAMPION! LE CHAMPION!
ÉCARTE-MOI LES CUISSES, CHAMPION! JE VEUX QUE TU ENTRES EN MOI!
JE SUIS TOUTES LES FEMMES, MES FILS CHÉRIS COMME MON CHAMPION EST TOUS LES HOMMES!... QUE RÉSONNENT LES TAMBOURS!... QUE L'ÉNERGIE EXPLOSE.
C'EST ABJECT!... BORRADO ?!?... TU TE SENS MAL?
VAS-Y CHAMPION! ENTRE EN MOI! PÉNÈTRE MON VENTRE SACRO-SAINT!...
OFFRE-MOI TA BONNE SEMENCE QUI DONNERA NAISSANCE A UN SAUVEUR FÉCONDE-MOI!
JE, JE... JE NE PEUX P. PAS..
JE, JE N'Y ARRIVE PAS
N.. NON. ...
BIEN SÛR QUE TU PEUX! TU AS ÉTÉ CHOISI C'EST TOI L'ÉLU! LE DOIGT DE DIEU T'A DESIGNÉ! TU PEUX, ET TU DOIS LE FAIRE!

MAIS BANDE, MILLEDIEUX! JE NE SAIS PAS CE QUI ME RETIENT DE T'ÉCRASER COMME UNE PUNAISE, VAINQUEUR DE MES COUILLES !... TOUT ÇA POUR RIEN, JE TE MAUDIS !...
JE N'AI PAS RÉUSSI; JE SUIS UN MISÉRABLE!
MALÉDICTION, MALÉDICTION! NOTRE VAINQUEUR A FAILLI. DES ÉNERGIES MAUVAISES ONT PERTURBÉ LE HÉROS!
QUI VIENDRA FÉCONDER NOTRE DIVINE DÉESSE QUI LÈVERA LA MALÉDICTION QUI PÈSE SUR NOUS? VEUILLE DIEU LE PÈRE, LE GRAND PÊCHEUR, NOUS AIDER A SORTIR DE CET ENFER!
SUPPLIONS-LE! QU'IL FASSE NAÎTRE UN SAUVEUR! DU SEIN DE NOTRE GROUPE!... LUI SAURA LAVER LES EAUX DE L'OCÉAN DE LA RADIOACTIVITÉ!... JADIS, LES GRANDS CÉTACÉS S'ÉBATTAIENT EN PAIX, NOUS POUVIONS LES COMBATTRE ET ÉPROUVER NOTRE COURAGE NOUS ÉTIONS DES GUERRIERS VALEUREUX!...
VIENS! TU EN AS ASSEZ VU! JE N'AURAIS PAS DÛ TE MONTRER TOUT ÇA!
AUJOURD'HUI LE GOUVERNEMENT A INFECTÉ NOTRE MER. NOUS NOUS HUMILIONS À SIMULER LA NOBLE BATAILLE! COMBLE DE LA HONTE, NOUS NOUS INFLIGEONS NOS PROPRES BLESSURES! LE SAUVEUR EXTIRPERA LES USURPATEURS DU TRÔNE.
NOUS ARRIVONS C'EST BIEN CHEZ LES PÊCHEURS QUE NOUS MÈNENT LES CHIENS.
C'EST AVEC CES PÊCHEURS QUE J'AI PASSÉ MON ENFANCE. MON PÈRE ÉTAIT LEUR CHEF. C'ÉTAIT UN HOMME BON ET RESPECTÉ. À CETTE ÉPOQUE, LES EAUX N'ÉTAIENT PAS ENCORE AUSSI VÉNÉNEUSES. MAIS USHMAN CONVOITAIT DÉJÀ LE POUVOIR...

USHMAN INTRIGUA SUFFISAMMENT POUR QUE LE VILLAGE SE SOULÈVE CONTRE MON PÈRE. IL FUT ASSASSINÉ MYSTÉRIEUSEMENT LE JOUR OÙ L'ON PÊCHA LE MONSTRE MARIN QUI CONVOYAIT LA FEMME ENDORMIE.
INCROYABLE! UN VILLAGE TROGLODYTE. UNE PROTECTION NATURELLE CONTRE LA VAGUE!
PAS UN CHAT, OUVREZ L'OEIL, IL NE PEUT PAS ETRE BIEN LOIN.
ATTENTION! DES SOLDATS AVEC DES CHIENS!
CESSEZ, MES FILS, DES ÉTRANGERS SURVIENNENT! DES BRUITS DE BOTTES, DES ABOIEMENTS, ILS VIENNENT INTERDIRE NOS CÉRÉMONIES. VITE REMONTEZ LA SAINTE ENDORMIE!
LE VOILÀ, LÀ BAS, IL N'EST PAS SEUL! TIREZ, MAIS NE LE TUEZ PAS!

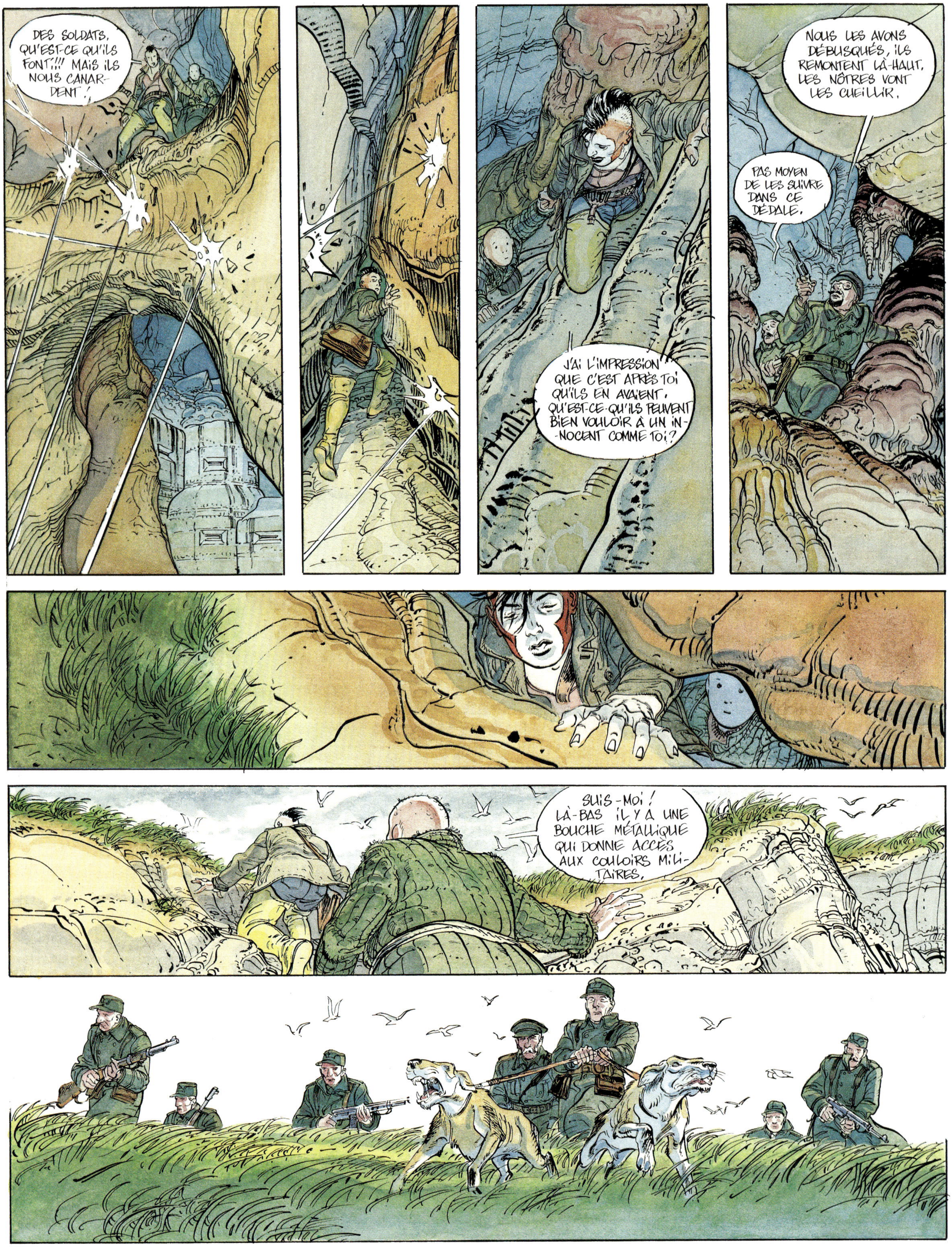

DES SOLDATS, QU'EST-CE QU'ILS FONT !!!! MAIS ILS NOUS CANARDENT !
J'AI L'IMPRESSION QUE C'EST APRÈS TOI QU'ILS EN AVAIENT. QU'EST-CE QU'ILS PEUVENT BIEN VOULOIR À UN INNOCENT COMME TOI ?
NOUS LES AVONS DÉBUSQUÉS, ILS REMONTENT LÀ-HAUT. LES NÔTRES VONT LES CUEILLIR.
PAS MOYEN DE LES SUIVRE DANS CE DÉDALE.
SUIS-MOI ! LÀ-BAS IL Y A UNE BOUCHE MÉTALLIQUE QUI DONNE ACCÈS AUX COULOIRS MILITAIRES.

J'EN ÉTAIS SÛR, C'EST ISHA. CETTE FILLE DU DIABLE, ELLE A MIS LE TROUBLE DANS NOTRE CÉRÉMONIE, TANT QU'ELLE SERA EN VIE, NOUS N'AURONS PAS NOTRE SALVATEUR.
TROUVONS-LA ET TUONS-LA !
LÀ-BAS, LES VOILÀ !
VITE, AIDE-MOI ! C'EST UNE ENTRÉE DU RÉSEAU SOUTERRAIN DU MÉTRO MILITAIRE !
VISEZ CORRECTEMENT, BLESSEZ-LES MAIS NE LES TUEZ PAS, IL ME LES FAUT VIVANTS !
NON, BORRADO, NON !
VIVANTS, J'AVAIS DIT VIVANTS, BANDE D'IMBÉCILES PSYCHOPANDRES, IL FALLAIT SEULEMENT LES ÉGRATIGNER !
FACE DE LUNE TU ES FOU, POURQUOI T'ÊTRE INTERPOSÉ ? NE BOUGE PAS, LAISSE-MOI VOIR.
TES... TES PLAIES ...ELLES SE REFERMENT.

C'EST DE LA MAGIE, OU JE RÊVE, MA PAROLE, CE GUIGNOL SE PAIE NOTRE TÊTE, NOS BALLES NE L'ONT PAS TOUCHÉ, ET LE VOILÀ QUI DANSE MAINTENANT!
TIREZ TOUS PULVÉRISEZ-MOI, CET EXCITÉ!
FEU À VOLONTÉ!
FACE DE LUNE, AMÈNE-TOI! C'EST OUVERT, ARRÊTE!
FAITES-EN DE LA CHARPIE!
LA BOUCHE EST VERROUILLÉE DE L'INTÉRIEUR, IL FAUT LA FAIRE SAUTER!
JE L'AI BIEN COINCÉE, MAIS ÇA NE NOUS DONNE PAS UNE ÉNORME AVAN-CE POUR AUTANT
LÀ, UNE DRÉSINE DE MAINTENANCE! POURVU QU'ELLE DÉMARRE!

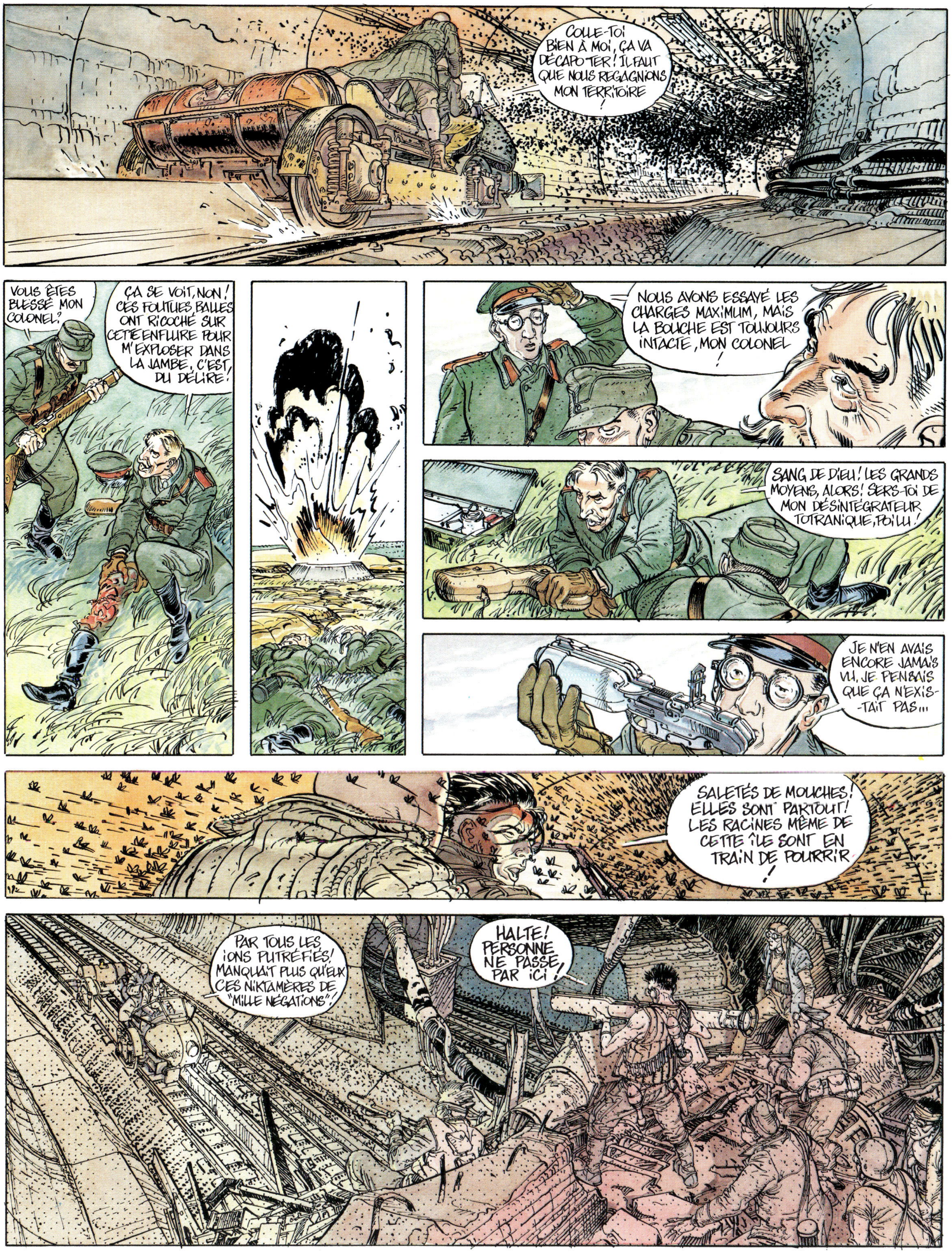

COLLE-TOI BIEN À MOI, ÇA VA DÉCAPOTER ! IL FAUT QUE NOUS REGAGNIONS MON TERRITOIRE !
VOUS ÊTES BLESSÉ MON COLONEL ?
ÇA SE VOIT, NON ! CES FOUTUES BALLES ONT RICOCHÉ SUR CETTE ENFLURE POUR M'EXPLOSER DANS LA JAMBE, C'EST DU DÉLIRE !
NOUS AVONS ESSAYÉ LES CHARGES MAXIMUM, MAIS LA BOUCHE EST TOUJOURS INTACTE, MON COLONEL !
SANG DE DIEU ! LES GRANDS MOYENS, ALORS ! SERS-TOI DE MON DÉSINTÉGRATEUR TOTRANIQUE, POILU !
JE N'EN AVAIS ENCORE JAMAIS VU, JE PENSAIS QUE ÇA N'EXIS-TAIT PAS...
SALETÉS DE MOUCHES ! ELLES SONT PARTOUT ! LES RACINES MÊME DE CETTE ÎLE SONT EN TRAIN DE POURRIR !
PAR TOUS LES IONS PUTRÉFIÉS ! MANQUAIT PLUS QU'EUX CES NIKTAMÈRES DE "MILLE NÉGATIONS" !
HALTE ! PERSONNE NE PASSE PAR ICI !

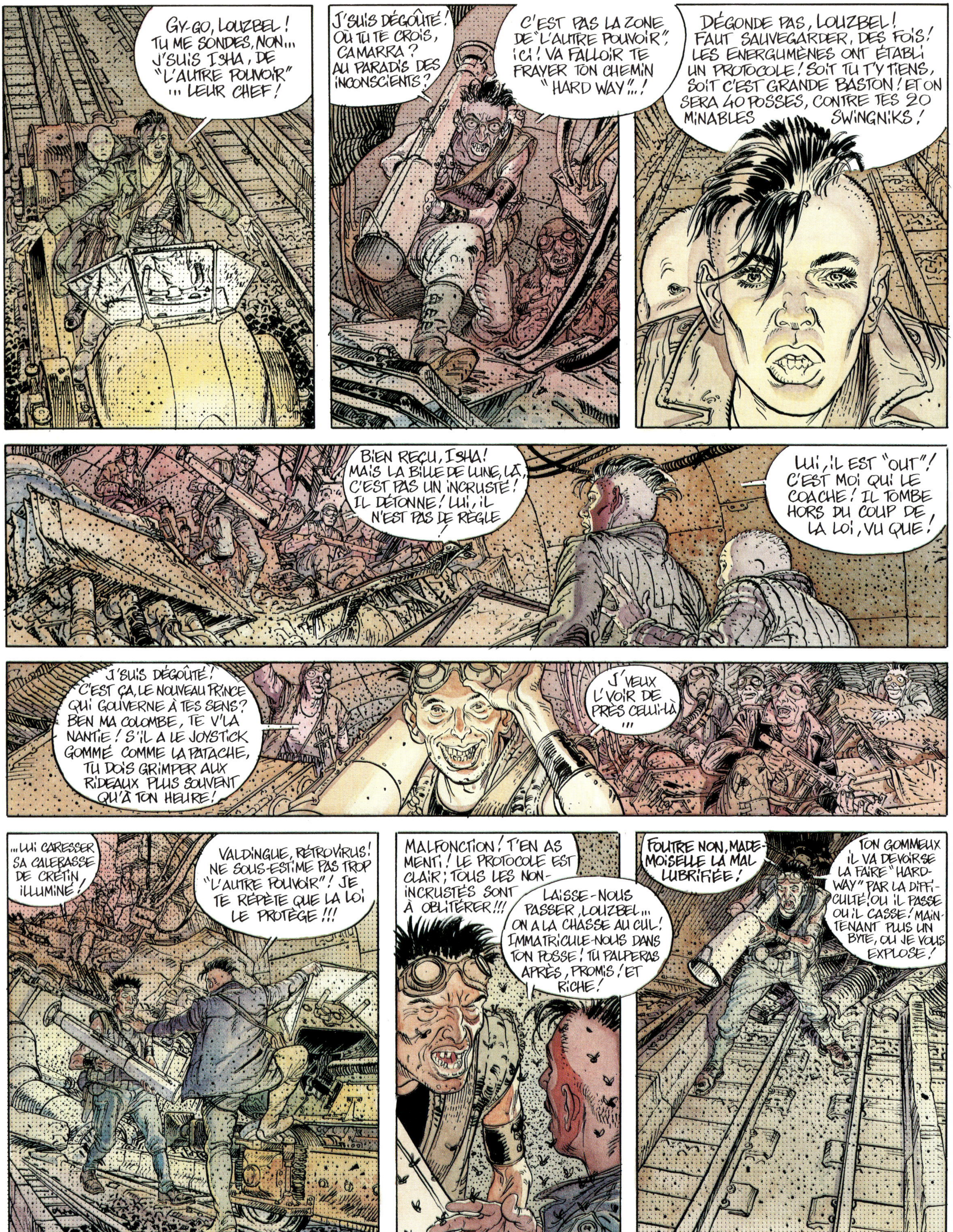

GY-GO, LOUZBEL ! TU ME SONDES, NON... J'SUIS ISHA, DE "L'AUTRE POUVOIR" ... LEUR CHEF !
J'SUIS DÉGOÛTÉ ! OÙ TU TE CROIS, CAMARRA ? AU PARADIS DES INCONSCIENTS ?
C'EST PAS LA ZONE DE "L'AUTRE POUVOIR", ICI ! VA FALLOIR TE FRAYER TON CHEMIN "HARD WAY" ... !
DÉGONDE PAS, LOUZBEL ! FAUT SAUVEGARDER, DES FOIS ! LES ÉNERGUMÈNES ONT ÉTABLI UN PROTOCOLE ! SOIT TU T'Y TIENS, SOIT C'EST GRANDE BASTON ! ET ON SERA 40 POSSES, CONTRE TES 20 MINABLES SWINGNIKS !
BIEN REÇU, ISHA ! MAIS LA BILLE DE LUNE, LÀ, C'EST PAS UN INCRUSTÉ ! IL DÉTONNE ! LUI, IL N'EST PAS DE RÈGLE
LUI, IL EST "OUT" ! C'EST MOI QUI LE COACHE ! IL TOMBE HORS DU COUP DE LA LOI, VU QUE !
J'SUIS DÉGOÛTÉ ! C'EST ÇA, LE NOUVEAU PRINCE QUI GOUVERNE À TES SENS ? BEN MA COLOMBE, TE V'LA NANTIE ! S'IL A LE JOYSTICK GOMMÉ COMME LA PATACHE, TU DOIS GRIMPER AUX RIDEAUX PLUS SOUVENT QU'À TON HEURE !
J'VEUX L'VOIR DE PRÈS CELUI-LÀ ...
... LUI CARESSER SA CALEBASSE DE CRÉTIN ILLUMINÉ !
VALDINGUE, RÉTROVIRUS ! NE SOUS-ESTIME PAS TROP "L'AUTRE POUVOIR" ! JE TE RÉPÈTE QUE LA LOI LE PROTÈGE !!!
MALFONCTION ! T'EN AS MENTI ! LE PROTOCOLE EST CLAIR ; TOUS LES NON-INCRUSTÉS SONT À OBLITÉRER !!!
LAISSE-NOUS PASSER, LOUZBEL... ON A LA CHASSE AU CUL ! IMMATRICULE-NOUS DANS TON POSSE ! TU PALPERAS APRÈS, PROMIS ! ET RICHE !
FOUTRE NON, MADEMOISELLE LA MAL LUBRIFIÉE !
TON GOMMEUX IL VA DEVOIR SE LA FAIRE "HARD-WAY" PAR LA DIFFICULTÉ ! OU IL PASSE OU IL CASSE ! MAINTENANT PLUS UN BYTE, OU JE VOUS EXPLOSE !

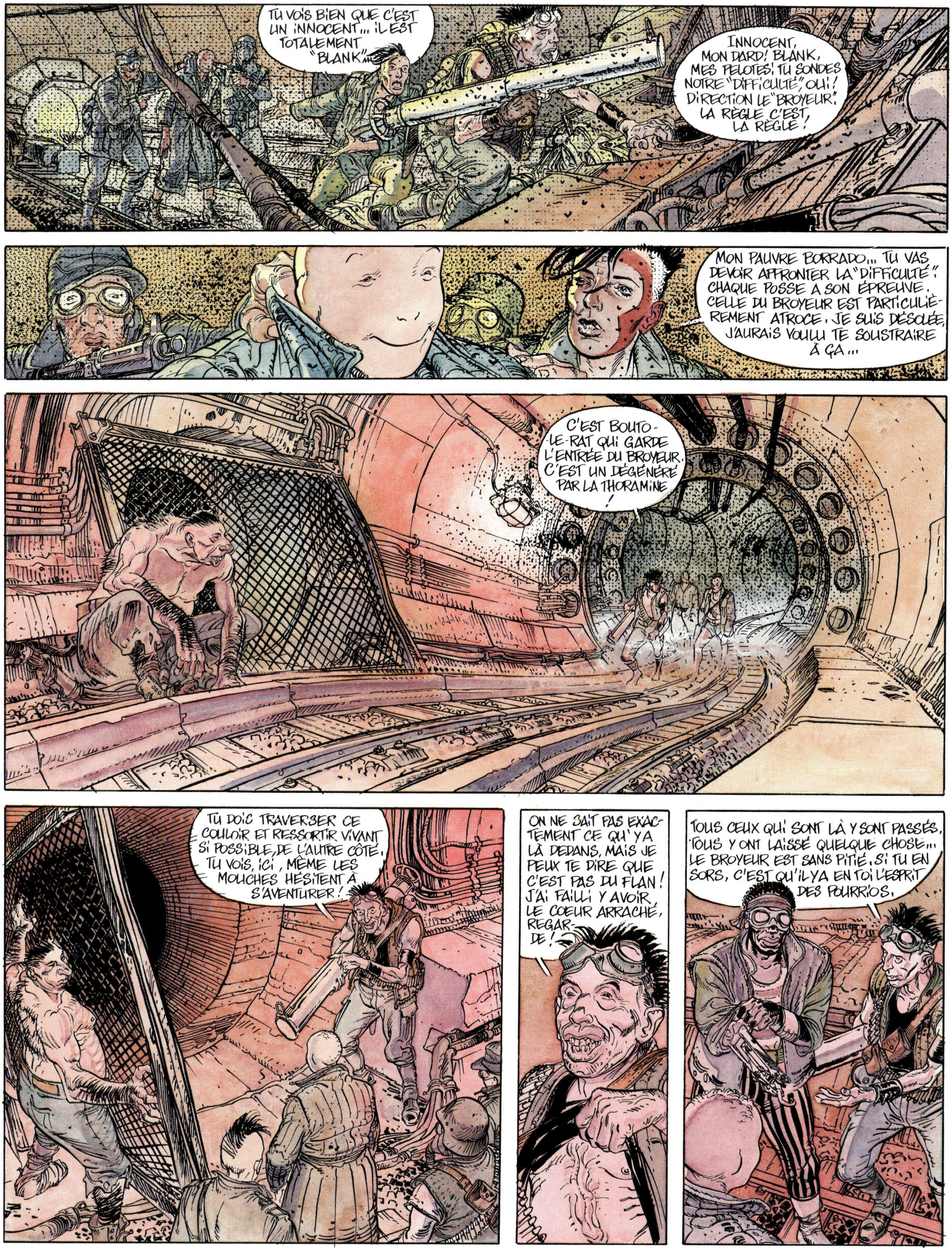
TU VOIS BIEN QUE C'EST UN INNOCENT... IL EST TOTALEMENT "BLANK"...
INNOCENT, MON DARD! BLANK, MES PELOTES! TU SONDES NOTRE "DIFFICULTÉ", OUI! DIRECTION LE "BROYEUR". LA RÈGLE C'EST LA RÈGLE!
MON PAUVRE BORRADO... TU VAS DEVOIR AFFRONTER LA "DIFFICULTÉ". CHAQUE POSSE A SON ÉPREUVE. CELLE DU BROYEUR EST PARTICULIÈREMENT ATROCE. JE SUIS DÉSOLÉE, J'AURAIS VOULU TE SOUSTRAIRE À ÇA...
C'EST BOUTO-LE-RAT QUI GARDE L'ENTRÉE DU BROYEUR. C'EST UN DÉGÉNÉRÉ PAR LA THORAMINE!
TU DOIS TRAVERSER CE COULOIR ET RESSORTIR VIVANT SI POSSIBLE, DE L'AUTRE CÔTÉ. TU VOIS, ICI, MÊME LES MOUCHES HÉSITENT À S'AVENTURER!
ON NE SAIT PAS EXACTEMENT CE QU'Y A LÀ DEDANS, MAIS JE PEUX TE DIRE QUE C'EST PAS DU FLAN! J'AI FAILLI Y AVOIR LE COEUR ARRACHÉ, REGARDE!
TOUS CEUX QUI SONT LÀ Y SONT PASSÉS. TOUS Y ONT LAISSÉ QUELQUE CHOSE... LE BROYEUR EST SANS PITIÉ. SI TU EN SORS, C'EST QU'IL Y A EN TOI L'ESPRIT DES POURRIOS.

BORRADO, TU PEUX CHOISIR UNE ARME POUR TE DÉFENDRE. PRENDS AU MOINS CE COUTEAU !
IL EST COMPLÈTEMENT SAGASSE TON GNOME ! IL VA SE FAIRE VIANDER INTÉGRAL !

ISHA, N'Y VAS PAS! TU VAS TE FAIRE...
BORRADO, C'EST MOI ! RÉPONDS, BORRADO ?
FACE DE LUNE, QU'EST-CE QUE TU AS ? TU ES BLES--SÉ ?!

INCROYABLE ! CO... COMMENT AS-TU FAIT POUR DÉNICHER UNE FLEUR SI PARFUMÉE DANS UNE PESTILENCE PAREILLE ?
J'SUIS DÉGOÛTÉ, CETTE FACE DE CUL EST VIVANTE !
COMMENT IL A FAIT SON COMPTE POUR SORTIR DE LÀ SANS DÉGLINGUE ?...
HOURRA, BORRADO ! TU AS TRIOMPHÉ DE LA "DIFFICULTÉ", IL A VAINCU "LE BROYEUR", IL EST LIBRE À PRÉSENT ! C'EST LA LOI DE L'INTRA-MONDE !
JE LUI AURAIS DONNÉ MILLE MORTS À TON GNOME !
TON PACQUELIN FAIT PARTIE DES ÉNERGUMÈNES DORÉNAVANT ! CONSIDÈRE-LE COMME IMMATRICULÉ ! OÙ T'AS DÉGOTÉ UN GONZOS PAREIL ? JE VEUX SONDER SON SECRET !
L'HEURE EST MAL CHOISIE ! LA CHASSE EST APRÈS NOUS !
COMBIEN DE "PÉONES" APRÈS VOUS ?
DIX, PEUT-ÊTRE PLUS ! AVEC UN MATOS D'ENFER ! ET D'AUTRES VONT ENCORE RAPPLIQUER !
MON POSSE SUFFIRA À RETENIR LES PREMIERS. ÇA VOUS LAISSERA LE TEMPS DE VOUS TROUVER UNE ADRESSE CRYPTÉE !
MERCI, FRÈRE ! JE TE REVAUDRAI LE BLOT !
PAYE D'AVANCE, ALORS ! JE VAIS PAS DURER DES SIÈCLES ! LA PILE S'USE VITESSE MEGA ! J'SUIS NÉ DANS CE CLOAQUE, J'AI JAMAIS VU LES LOUPIOTTES CÉLESTES ! RIEN QUE LES MOUCHES, CES PUTES DE MOUCHES À MERDE DE LA PUTRÉFACTION !
SOLDATS ! METTEZ VOS MASQUES !

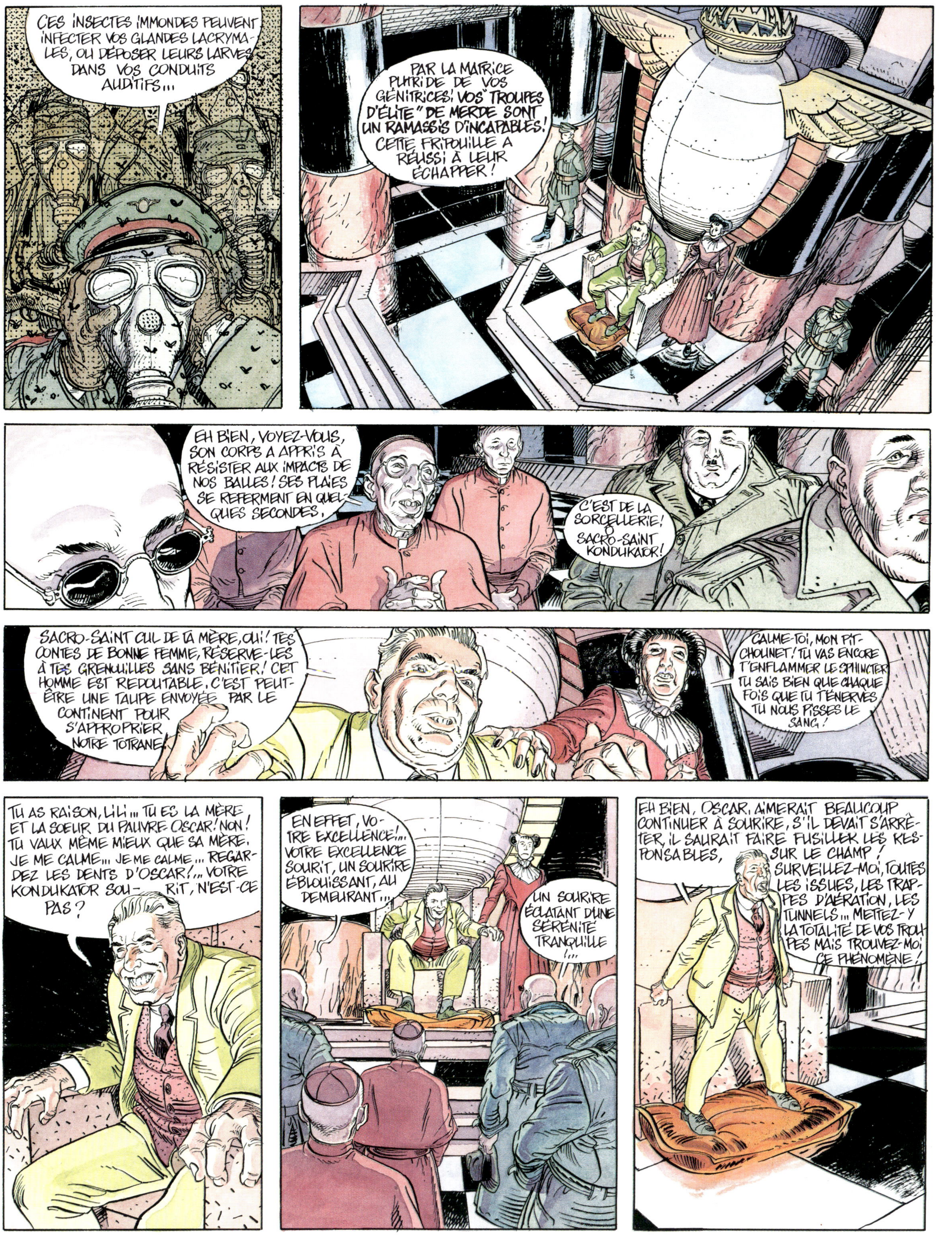
CES INSECTES IMMONDES PEUVENT INFECTER VOS GLANDES LACRYMALES, OU DÉPOSER LEURS LARVES DANS VOS CONDUITS AUDITIFS...
PAR LA MATRICE PUTRIDE DE VOS GÉNITRICES! VOS "TROUPES D'ÉLITE" DE MERDE SONT UN RAMASSIS D'INCAPABLES! CETTE FRIPOUILLE A RÉUSSI À LEUR ÉCHAPPER!
EH BIEN, VOYEZ-VOUS, SON CORPS A APPRIS À RÉSISTER AUX IMPACTS DE NOS BALLES! SES PLAIES SE REFERMENT EN QUELQUES SECONDES,
C'EST DE LA SORCELLERIE! Ô SACRO-SAINT KONDUKATOR!
SACRO-SAINT CUL DE TA MÈRE, OUI! TES CONTES DE BONNE FEMME, RÉSERVE-LES À TES GRENOUILLES SANS BÉNITIER! CET HOMME EST REDOUTABLE. C'EST PEUT-ÊTRE UNE TAUPE ENVOYÉE PAR LE CONTINENT POUR S'APPROPRIER NOTRE TOTRANE!
CALME-TOI, MON PITCHOUNET! TU VAS ENCORE T'ENFLAMMER LE SPHINCTER. TU SAIS BIEN QUE CHAQUE FOIS QUE TU T'ÉNERVES TU NOUS PISSES LE SANG!
TU AS RAISON, LILI... TU ES LA MÈRE ET LA SOEUR DU PAUVRE OSCAR! NON! TU VAUX MÊME MIEUX QUE SA MÈRE. JE ME CALME... JE ME CALME... REGARDEZ LES DENTS D'OSCAR!... VOTRE KONDUKATOR SOURIT, N'EST-CE PAS?
EN EFFET, VOTRE EXCELLENCE!... VOTRE EXCELLENCE SOURIT, UN SOURIRE ÉBLOUISSANT, AU DEMEURANT...
UN SOURIRE ÉCLATANT D'UNE SÉRÉNITÉ TRANQUILLE!...
EH BIEN, OSCAR AIMERAIT BEAUCOUP CONTINUER À SOURIRE, S'IL DEVAIT S'ARRÊTER, IL SAURAIT FAIRE FUSILLER LES RESPONSABLES,
SUR LE CHAMP! SURVEILLEZ-MOI TOUTES LES ISSUES, LES TRAPPES D'AÉRATION, LES TUNNELS... METTEZ-Y LA TOTALITÉ DE VOS TROUPES MAIS TROUVEZ-MOI CE PHÉNOMÈNE!

CES TUNNELS VONT GROUILLER DANS LES MINUTES QUI SUIVENT DE PLUS DE SOLDATS QUE DE MOUCHES. NOUS DEVONS TROUVER RAPIDEMENT OÙ NOUS PLANQUER !
ATTENTION MES POURRIOS, ILS VONT PAS TARDER À POINTER LE GROIN !
GLOIRE AUX "MILLE NÉGATIONS" ! CRÈVE, ORDRE FÉTIDE ! LONGUE VIE AU CHAOS ! LE POUVOIR AUX ÉNERGUMÈNES !

TU RESNIRFLES QUELQUE CHOSE ? ÇA FLEURE PAS BON, MA PAROLE !
NOUS APPROCHONS DE LA ZONE CONGESTIONNÉE, NOUS ALLONS TENTER UNE OPÉRATION D'INCISION !

ILS SONT PARTOUT, ON VA JAMAIS S'EN SORTIR C'EST FIN DU PROGRAMME !
NON, NOUS NE SOMMES PAS ENCORE FOUTUS, IL NOUS RESTE UNE SOLUTION ! VA CHERCHER BOUTO !
LA TRAPPE DES CIRCUITS D'AÉRATION !
LANCE-MOI BIEN HAUT !
CESSEZ LE FEU ! CES MOUCHES À MERDE NOUS AVEUGLENT COMPLÈTEMENT, NOUS ALLONS NOUS ENTRETUER !

HAHAHA HAHA! REPAISSEZ-VOUS, SOEURS EN PESTILENCE! ET QUE LA LUMIÈRE SOIT!
VITE! ON VA DEMANDER L'APPUI LOGISTIQUE DE TOUS LES POSSES DU RÉSEAU SOUTERRAIN! QUE LE PROTOCOLE S'ACCOMPLISSE! L'HEURE "H" A SONNÉ! TOTALE DESTRUCTION!
EXCOMMUNICATION! ON A PERDU LA TRACE DU FUYARD! IL N'APPARAIT PLUS DANS AUCUN DES TUNNELS!
LE PROBLÈME DEVIENT DE PLUS EN PLUS CRUCIAL! ON SE LIVRE BATAILLE DANS TOUT LE RÉSEAU! LES ENERGUMÈNES RIPOSTENT! C'EST EN TRAIN DE VIRER À LA RÉVOLTE
ÉLIMINONS CES TRAÎTRES! ILS PULLULENT PAR MILLIARDS! IL FAUT DÉ-RA-TI-SER! UNE BONNE FOIS
IL FAUT ABSOLUMENT PASSER LA VILLE AU PEIGNE FIN, CETTE FACE DE LUNE NE FAIT PAS UN PAS SANS SEMER LA PAGAILLE!
NOUS DEVONS GARDER LE PLUS GRAND SECRET SUR LA SUITE DES OPÉRATIONS. NOTRE BIEN-AIMÉ KONDUKATOR DÉTESTERAIT APPRENDRE QU'UNE SEULE PERSONNE PUISSE FAIRE VACILLER SON POUVOIR
LES EXPLOSIONS SE MULTIPLIENT! CES BANDES D'ÉNERGUMÈNES DISPOSENT D'UN ARSENAL PLUS DESTRUCTEUR QUE PRÉVU
APPEL AUX TROUPES D'ÉLITE! N'HÉSITEZ PAS À USER DES MOYENS RADICAUX. NETTOYAGE HYGIÉNIQUE TOTAL SUR TOUT LE RÉSEAU TUNNELIER!
INUTILE QU'ILS PERDENT LEUR TEMPS, MONSEIGNEUR! RECOMMANDEZ-LEUR DONC D'UTILISER LES "KILLER-GAS" RADICALEMENT!

FOUTU HYMNE NATIONAL !
IL COMMENCE À ME SORTIR PAR LES OREILLES LEUR "OBO SAVE THE REPUBLIK" !
FAIS ATTENTION À CE QUE TU DIS, LE P.S.K A PEUT-ÊTRE TRUFFÉ DE MICROS LA MOINDRE DE CES BRIQUES !
CHANTONS, CHANTONS TA GLOIRE, GUIDE VÉRIDIQUE, TA SUBLIME VICTOIRE, GÉNIE ÉTATIQUE... GÉNIE ÉTATIQUE !!!

AVEC SA SAINTE ÉPOUSE, POURFENDANT LE MAL, OSCAR LAZO L'REPOUSSE ET SANS COUP FÉRIR ET SANS COUP FÉRiiiiiR !!!
J'AI PAS DIT QUE C'ÉTAIT L'HYMNE, LUI-MÊME, QUI ME GÊNAIT !... MAIS LES VOIX DE FAUSSETS DE CES MONGO-LOS ! QUI ME CRÈVENT LES TYMPANS.
T'AS RAISON ! ILS NOUS ENVOIENT TOUS LES JOURS UNE NOUVELLE CHARRETÉE DE LEURS MONSTRES ! À CROIRE QUE LES OUVRIERS NE PONDENT QUE DES DÉBILES !
PAS TOUS LES OUVRIERS ! SEULEMENT CEUX QUI TRAVAILLENT À L'EXTRACTION DU TOTRANE. PARAÎT QUE ÇA DÉGÉNÈRE LES GÈNES...
BOUCLE-LA ! MAINTENANT ! C'EST UN SUJET TABOU, TU SAIS BIEN, TU RISQUES LA DÉPORTATION...
ALLONS COMPÈRE, FAISONS DONC PÉNITENCE ET CHANTONS AVEC EUX :
TOUJOURS LE PIED LÉGER, TOUJOURS L'ÂME ÉGALE, IL SAIT NOUS PROTÉGER, ET VAINCRE OU MOURIR... ET VAINCRE OU MOURIR !
KRiiii
NOTRE KONDUKATOOOR
OOOO!

NOTRE KONDUKATOR... TON NOM RIME AVEC AMOUR. CHANTONS TA GLOIRE, GUIDE VÉRIDIQUE !!!
VIVE LILI LAZO NOTRE MÈRE ET PROTECTRICE !
VIVE EEELLE ! GÉNIE ÉTATIQUE !!!
VIVE OSCAR LAZO, NOTRE BIENFAITEUR SUPRÊME !!!
VIVE LUIIIIIII ! Ô GÉNIE ÉTATIQUE !!!
ESSAYE DE BIEN LES IMITER, BORRADO ! PERSONNE N'IRA NOUS CHERCHER ICI PARMI LES DÉBILES !
JE DIS ET JE REDIS QUE CETTE VAGUE NE RESPECTE RIEN... PAS MÊME LES SYMBOLES DE NOTRE BELLE RÉPUBLIQUE OVARIENNE QU'EST-CE QU'ILS ATTENDENT POUR ENLEVER CE DÉTRITUS...?!?

ALLO? ICI GARDIEN OVARIEN MATRICULE 794... QUAND ALLEZ-VOUS ME DÉGAGER CET IMMONDICE?
RÉCAPITULONS, ECCHYMOSES, CONTUSIONS, TOUT LE CORPS ENDOLORI, MAIS SAIN ET SAUF. MAINTENANT, QUI SUIS-JE? MAIS OUI, QUI SUIS-JE?
...AUCUN SOUVENIR, JE SUIS NOIR, JE PORTE UNE TENUE DE BAGNARD, VOYONS... JE DOIS BIEN AVOIR UNE CARTE D'IDENTITÉ QUELQUEPART...?
OH!... ET ÇA C'EST QUOI, ÇA ? UN GRI-GRI?!? EEEEH... MAIS J'Y SUIS, TU ES OCHAOCOBOURO, TOI!
ELLEVAE ELLE! OBA ICORU! LE SANG COULE DANS TES VEINES... LA VIE EST EN TOI!... NE ME MENS PAS! DIS-MOI QUI JE SUIS! D'OÙ JE VIENS!
LÉRI ERI, LA TÊTE GUIDE LE CORPS! SERS-TOI DE LA TIENNE! SOUVIENS-TOI... TON NOM EST TATOUM BENAYOUM, CHEF-CUISINIER DU KONDUKATOR DÉPORTÉ À MANAGUA POUR AVOIR TROP SALÉ LE GAZPACHO DU CHEF DE LA NATION.
ET POUR ME PROTÉGER D'UNE VAGUE, JE SUIS ENTRÉ DANS UNE LOCOMOTIVE! OH, OUI, JE ME SOUVIENS DE TOUT! QUELLE HORREUR, SARANDA! JE SUIS UN FUGITIF ICHU OCHE, JE NE VEUX PAS QUE LES MORTS QUI ME POURSUIVENT M'ATTRAPENT! LE KONDUKATOR EST UN MORT, SES SBIRES AUSSI!
GUAN MELE LOSI, LA GUÊPE PIQUE CRUELLEMENT, MAIS LA DOULEUR PASSE, TOUT PASSE DANS LA VIE! NE DÉSESPÈRE PAS TANT! ONOROU OLORDOUMARE! IMPLORE DIEU DE T'ÉCOUTER!
SEIGNEUR OLORDOUMARE, JE T'EN PRIE JE T'EN CONJURE PAR LE COEUR ET PAR LA BOUCHE! SORS-MOI DE LÀ!

VOUS N'Y ARRIVEREZ JAMAIS AVEC UN ENGIN PAREIL, FAUT FAIRE VENIR UNE DÉBLAYEUSE PLUS PUISSANTE, SINON JE VOUS COLLE UN RAPPORT MOI!
RENDEZ-VOUS SALETÉS SIDAÏQUES, VOUS ÊTES CERNÉS!
ENVOYEZ-LEUR ENCORE UNE DERNIÈRE SALVE!
LES "1000 NÉGATIONS" NE SE RENDRONT JAMAIS! ET LES TIENNES, HAÏKOU?
LES "CATINS BLEUES" NON PLUS, LOUZBEL, COMPTE SUR NOUS!
LA VIE NE VAUT PLUS UN COUP DE CIDRE, QUE TOUT LE MONDE SE PRÉPARE POUR L'ULTIME ASSAUT KAMIKAZE!
ASSAUT KAMIKAZE! FAITES PASSER...

MERDE, IL LEUR ARRIVE DES RENFORTS !
BANZAÏ, MES "BOUDDHAS PUTRIDES" ! RENTRONS-LEUR DANS LE LARD ! FAITES-EN DE LA PÂTÉE POUR LOVE-BURGERS DE CES PETITS TYRANS !
LES "ULTRA-NÉVROSES" AVEC MOI ! CEIGNEZ VOS BANDANAS ! ET LONGUE VIE AU CHAOS !
ALLEZ LES "NEURONES DE TITANE" ET QUE CRÈVENT CES BOUFFEURS D'OEUFS !
IL EN SORT DE PARTOUT !
A L'ASSAUT FRÈRES DE MARGE, BOUTONS LE FEU À CES "URBAIN URBANIK" !
ILS SONT TROP NOMBREUX, ON VA TOUS Y PASSER !
A NOUS, ÉNERGUMÈNES ! LA VICTOIRE AUX DÉGÉNÉRÉS DE LA DERNIÈRE GÉNÉRATION !

C'EST INSUPPORTABLE, INSUPPORTABLE, VOUS NE COMPRENEZ RIEN À RIEN! JE REPÈTE CETTE LEÇON POUR LA 612° FOIS! IL SERAIT TEMPS QUE VOUS COMMENCIEZ À EN RETENIR DES BRIBES TOUT DE MÊME... MAMAN LILI ET PAPA OSCAR VONT ÊTRE TRÈS FÂCHÉS...
TOI-LÀ, LE 97, VIENS ICI, TU VAS SERVIR D'EXEMPLE.
TIENS! ET TIENS! ET RE-TIENS! AUJOURD'HUI, C'EST TOI QUI PRENDS LES COUPS QUE VOUS AVEZ TOUS MÉRITÉS!
ASSEZ! ASSEEEEZ! PITIÉÉÉÉ!
RETOURNE À TA PLACE, GEIGNARD!
BIEN! ON RECOMMENCE. POUR LA DERNIÈRE FOIS, J'ESPÈRE! ENVOYEZ LA 1ère DIAPO, MADAME LAPIQUE!
ORIGINELLEMENT, DAMANUESTRA, NOTRE ÎLE PARADISIAQUE ENTRETENAIT DES RAPPORTS CONVIVIAUX DE LIBRE ÉCHANGE AVEC LE CONTINENT QUI ÉTAIT UN CONGLOMÉRAT DE NATIONS DÉCADENTES ET PUSILLANIMES, OBSÉDÉES PAR LE MATÉRIALISME!!
DAMANUESTRA
OSCAR LAZO ET SON ÉPOUSE LILI DÉBARQUÈRENT À DAMANUESTRA, EN L'AN-20 AVANT L'ÈRE OVARIENNE, HUMBLES PETITS MARCHANDS D'OEUFS, UN ALIMENT QUI N'ÉTAIT JUSQU'ALORS PAS PRODUIT SUR NOTRE ÎLE...

LES RELATIONS AVEC LE CONTINENT COMMENCÈRENT À SE DÉGRADER À UN POINT TEL, QU'UN BLOCUS ALIMENTAIRE FUT DÉCRÉTÉ, LE CONTINENT ESPÉRAIT VOIR NOTRE COURAGEUSE POPULATION PLIER LE GENOU ET S'APPROPRIER NOS RICHESSES SOUTERRAINES À BON COMPTE, CE FUT UNE RUDE FAMINE QUI S'ABATTIT...
OSCAR LAZO REMIT À LILI SON ÉPOUSE UNE CAISSE ENTIÈRE D'OEUFS ET LUI CONFIA LA TÂCHE SUBLIME DE LES COUVER. CETTE SAINTE FEMME S'EXÉCUTA, ET, DE SON HÉROÏQUE CHALEUR ANIMALE NAQUIRENT TROIS DOUZAINES DE POULETS QUI SE REPRODUISIRENT, SE MULTIPLIÈRENT, PULLULÈRENT, JUSQU'À DEVENIR DES MILLIARDS...
ET LES FEMMES DE NOTRE ÎLE IMITÈRENT SON EXEMPLE, LA FAMINE FUT VAINCUE. UN PLEBISCITE MAGISTRAL MIT LILI ET OSCAR AU POUVOIR. L'ÎLE REDEVINT PROSPÈRE GRÂCE À L'INDUSTRIE DES SOUS-PRODUITS DE L'OEUF ET DE LA VOLAILLE. C'EST LE "CARONTE" NOTRE SUBMERSIBLE QUI ÉTABLI LE LIEN AVEC LE CONTINENT...
NOUS DEVONS TOUT AUX KONDUKATORS, NOUS LES AVONS ÉLUS POUR QU'ILS SOIENT LES GUIDES DE NOTRE CONSCIENCE, VIVE NOS KONDUKATORS !!!
VIE ÉTERNELLE À NOS KONKUDATORS !!!...
PAS KONKUDATORS, KONDUKATORS, TAS DE TARÉS !
MAIS !... DE QUEL DROIT, VOUS PERTURBEZ MES COURS ?
NOUS POURSUIVONS DEUX RENÉGATS, ILS ONT VOLÉ LES HABITS DE VOS DEUX PROTÉGÉS ILS NE PEUVENT ÊTRE QU'ICI.

TU LES RECONNAIS ? MONTRE-LES NOUS... OÙ ÇA, OÙ ?
C... ÇA EUX-LÀ, ÇA EUX ...
VIENS BORRADO, ON EST REPÉRÉ FOUTONS LE CAMP...
PAR ICI !
LAISSEZ-NOUS PASSER, BANDES D'ABRUTIS !
MAIS, MERDE, BORRADO, QU'EST-CE QUE TU FABRIQUES ? T'ES INCONSCIENT ! C'EST PAS LE MOMENT DE JOUER !

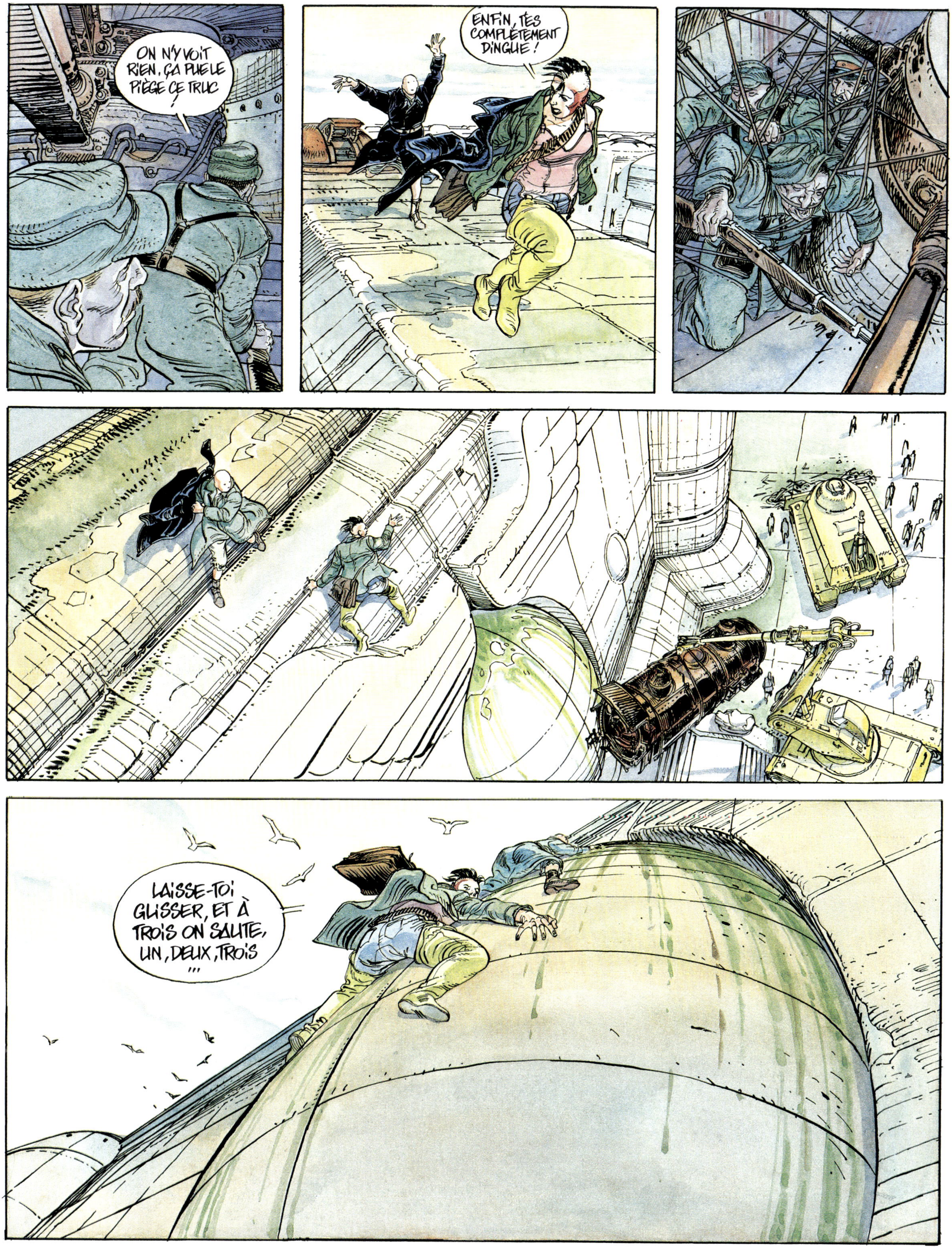
ON N'Y VOIT RIEN. ÇA PUE LE PIÈGE CE TRUC !
ENFIN, T'ES COMPLÈTEMENT DINGUE !
LAISSE-TOI GLISSER, ET À TROIS ON SAUTE, UN, DEUX, TROIS ...

PFUUU DE JUSTESSE, PERSONNE NE NOUS A VU !
OÙ SONT-ILS DONC TOMBÉS CES DÉMONS ! J'Y COMPRENDS RIEN !
ALLEZ CHERCHER LES CHIENS, QU'ILS RATISSENT LES RUES !
QUI ES-TU ? QU'EST-CE QUE TU FICHES ICI ? CESSE DE TREMBLER IMMÉDIATEMENT, OU JE TE TRANCHE LES OREILLES !
OCOUA ABOURERE ORE, L'AMI QUI TUE SON AMI ET LE FRÈRE QUI TUE SON FRÈRE NE MÉRITE AUCUN PARDON, JE SUIS UN FUGITIF, COMME VOUS !

ET OÙ ON FUIT, EXACTEMENT LÀ ?
ALLA IBE, LE CHIEN A QUATRE PATTES, MAIS IL NE PARCOURT QU'UN SENTIER À LA FOIS ! OLORDOUMARE SAIT ! JE ME FIE À LUI, ET À OCHA-OCOBOURO !!!
ETA ÉLÉDÉ, IL YA UN TEMPS POUR TOUT ! SI ON L'EMPLOIE BIEN ON FINIT PAR S'EN TIRER... ONOURO OLORDOUMARE MOGUELETTI !!!
EH BEN ! ON EST SAUVÉ ! ON A DÉGOTÉ UN FAMEUX PROTECTEUR !

SENTEZ-MOI CETTE AIMABLE ET MÉPHITIQUE PUANTEUR DE FIEN-TE ! NOUS SOMMES SAUVÉS...
OLORDOUMARE EST GRAND ! REGARDEZ NOUS SOMMES TOMBÉS EXACTEMENT LÀ OÙ VIEN-NENT CAGUER LES MOUETTES...
QUE VEUX-TU DIRE PAU-VRE CINGLÉ DE NÈGRE ?
OZAIN ESOUM : QUI S'ABRITE SOUS LE BON ARBRE JOUIT DE LA BONNE OMBRE,
C'EST PAR CETTE MISÉRABLE AVENUE QU'ON PARVIENT AU PALAIS DU PLAISIR, LE BOR-DEL D'HOMMES DE LA GROSSE LOLA !
ET C'EST LÀ QUE TU VOU-DRAIS QU'ON SE CACHE ? DANS LA SEULE MAISON CLOSE OFFICIELLE, LÀ OÙ TOUT LE MONDE PAS-SE ?

HÉHÉ... ORDI OLOCOUM, AVEC UN PEU DE CHANCE ET UN BON APPÂT, C'EST DANS LA MER QU'ON PÊCHE LES GROS POISSONS LA CUISINIÈRE EST MA MAÎTRESSE !
LA CUISINIÈRE ?! MAIS, À PART LA GROSSE LOLA, IL PARAÎT QU'IL N'Y A QUE DES HOMMES, LÀ DEDANS ! TU MENS !
NON ! OLOFINA EST BIEN UNE DAME, MÊME SI ELLE A ENTRE LES JAMBES UN TRUC QUI NE LUI CONVIENT PAS ! ET UNE DAME AUTREMENT PLUS DAME QUE LES VÉRI-TABLES DAMES !
JE N'AI PAS DE PRÉJUGÉS, MOI. OTAN IBE CHEN CHEN, DES CAILLOUX SUR TON CHEMIN ? ÔTE CE QUI TE GÊNE ET TU VERRAS COMME TU AVANCERAS. ALLONS !
FACE DE LUNE PLANQUE-TOI, CHERCHE L'OMBRE ON VA NOUS REPÉRER.
MALÉDICTION ! QU'EST-CE-QUE C'EST QUE ÇA ?
OH, LES IMBÉCILES ! ILS ONT COMMENCÉ L'INSURRECTION C'EST PRÉMATURÉ, ILS VONT TOUT BOUSILLER !
EN AVANT "MES MILLE NÉGATIONS" HARO POUR L'OBLITÉ-RATION TERMINALE !!!

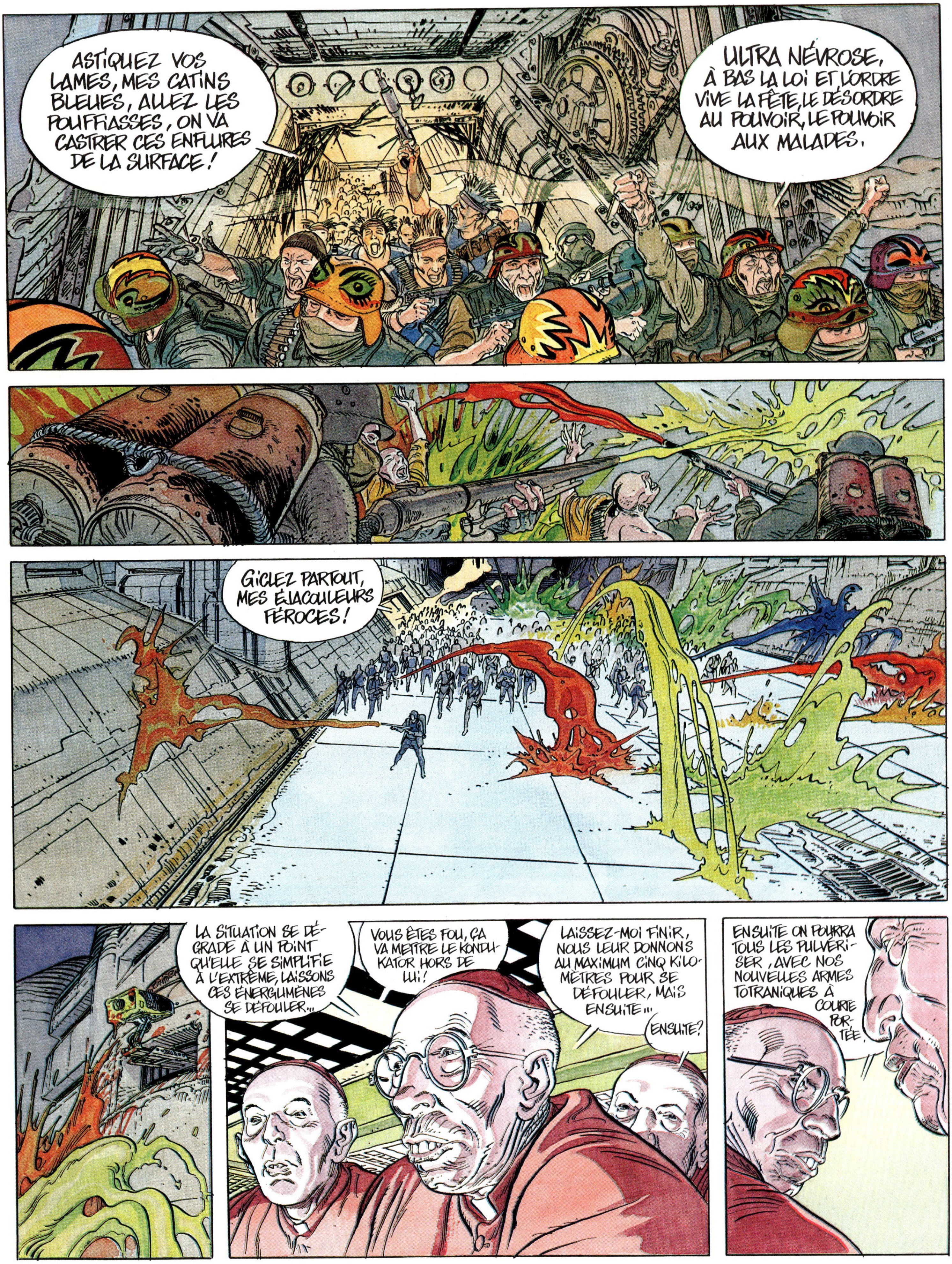
ASTIQUEZ VOS LAMES, MES CATINS BLEUES, ALLEZ LES POUFFIASSES, ON VA CASTRER CES ENFLURES DE LA SURFACE !
ULTRA NÉVROSE, À BAS LA LOI ET L'ORDRE VIVE LA FÊTE, LE DÉSORDRE AU POUVOIR, LE POUVOIR AUX MALADES.
GICLEZ PARTOUT, MES ÉJACULEURS FÉROCES !
LA SITUATION SE DÉGRADE À UN POINT QU'ELLE SE SIMPLIFIE À L'EXTRÊME, LAISSONS CES ÉNERGUMÈNES SE DÉFOULER...
VOUS ÊTES FOU, ÇA VA METTRE LE KONDUKATOR HORS DE LUI !
LAISSEZ-MOI FINIR, NOUS LEUR DONNONS AU MAXIMUM CINQ KILOMÈTRES POUR SE DÉFOULER, MAIS ENSUITE...
ENSUITE?
ENSUITE ON POURRA TOUS LES PULVÉRISER, AVEC NOS NOUVELLES ARMES TOTRANIQUES À COURTE PORTÉE.

MAIS EMINENCE, C'EST IMPOSSIBLE, CE SERA UNE HORREUR, ET JAMAIS LES CITOYENS NE TOLÈRERONT UN TEL CARNAGE, ILS RÉAGIRONT CONTRE NOUS
TSTSST, MAUVAISE ÉVALUATION. AU CONTRAIRE CES 5 KILOMÈTRES DE CASSE INFLIGÉE À LA PROPRIÉTÉ PUBLIQUE JUSTIFIERONT AMPLEMENT AUX YEUX DES CONCITOYENS UNE RÉPRESSION SANGLANTE.
LOIN DE NOUS CRITIQUER, ILS APPLAUDIRONT DES DEUX MAINS. J'ENTRE IMMÉDIATEMENT EN COMMUNICATION AVEC NOS TROUPES. ILS LES STOPPERONT "PLACE DES CULTURES" TROIS
ET QUE LA VOLONTÉ DU SEIGNEUR S'ACCOMPLISSE POUR LE SALUT DU MONDE.
PALAIS
LOLA BUNK
IL FAUT ATTEINDRE LE PALAIS DU PLAISIR AVANT QU'ILS NE REFERMENT LA PORTE !
ALLEZ-Y, VOUS DEUX, JE VAIS ESSAYER D'ARRÊTER CE CARNAVAL IMBÉCILE AVANT QU'ILS NE SE FASSENT TOUS MASSACRER.
OFA ASOURES, AUJOURD'HUI TON FRÈRE EST TON ENNEMI VIENS PLUTÔT AVEC NOUS...
LÂCHE-MOI, BARRE-TOI À L'INTÉRIEUR ET OCCUPE-TOI DE FACE DE LUNE QU'IL NE LUI ARRIVE RIEN, SAUVE-TOI !

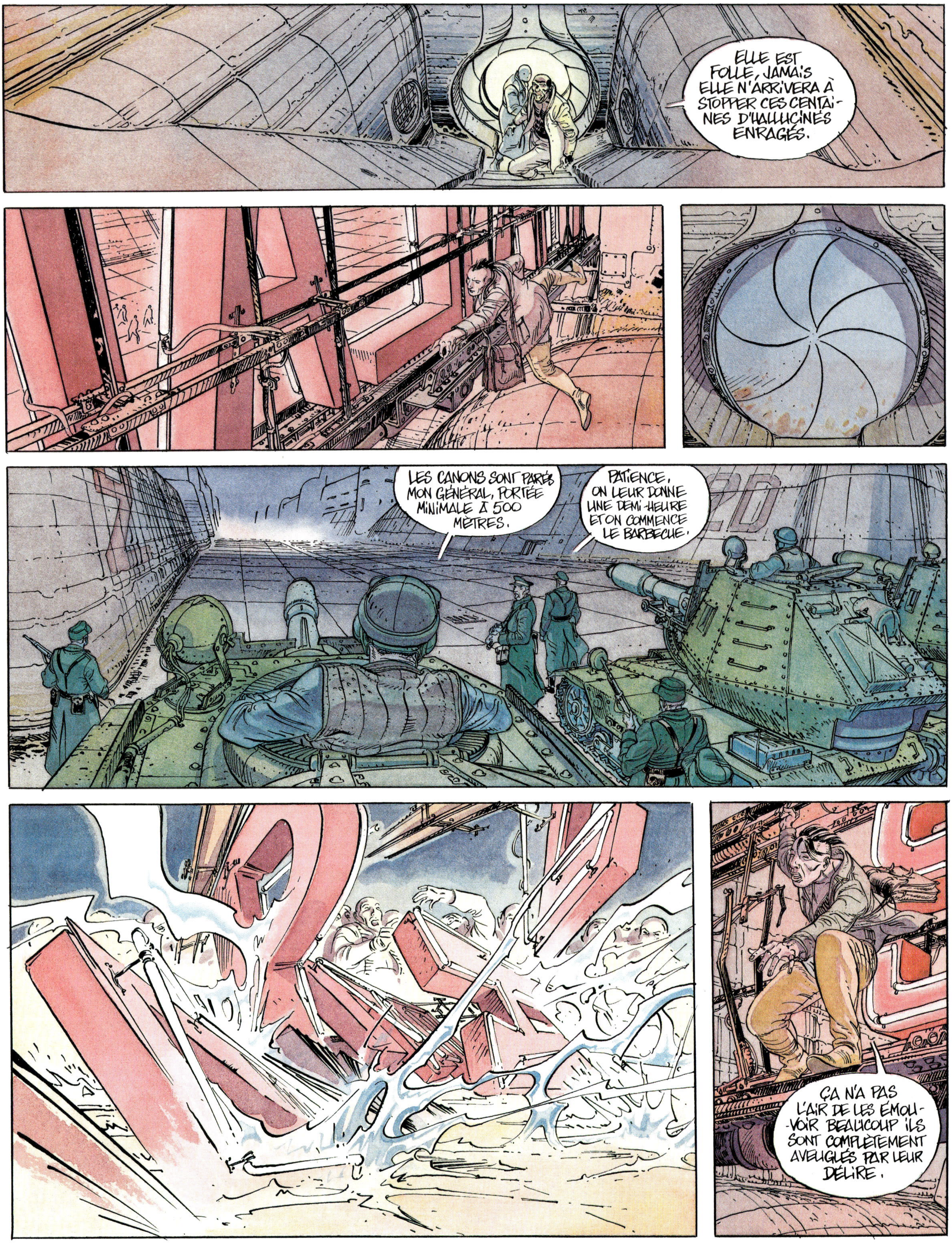
ELLE EST FOLLE, JAMAIS ELLE N'ARRIVERA À STOPPER CES CENTAINES D'HALLUCINÉS ENRAGÉS.
LES CANONS SONT PARÉS MON GÉNÉRAL, PORTÉE MINIMALE À 500 MÈTRES.
PATIENCE, ON LEUR DONNE UNE DEMI-HEURE ET ON COMMENCE LE BARBECUE.
ÇA N'A PAS L'AIR DE LES ÉMOUVOIR BEAUCOUP ILS SONT COMPLÈTEMENT AVEUGLÉS PAR LEUR DÉLIRE.

TANT PIS JE N'AI PAS D'AUTRE SOLUTION POUR LES BLOQUER, CELA RISQUE DE FAIRE DU DÉGÂT, JAMAIS JE N'AURAI IMAGINÉ UTILISER CES EXPLOSIFS AU TOTRANE CONTRE MES FRÈRES DE DÉSES-PÉRANCE.
JE DOIS L'ENVOYER LE PLUS LOIN POSSIBLE, POURVU QU'IL N'Y AIT PAS DE BLESSÉS.
ARRÊTEZ PAUVRES CONNARDS, J'EN AI ENCORE AUTANT À VOTRE SERVICE. C'EST BEL ET BON DE MOURIR EN HÉROS MAIS PAS DE CREVER COMME DES RATS.
C'EST ISHA, LA CHEF DISPOSE DE L'AUTRE POUVOIR.
QU'EST-CE QUI TE PREND ISHA? T'AS TES RAGOUGNASSES? TU SAIS PLUS TE BASTONNER POUR ÊTRE! L'HEURE A SONNÉ POUR NOUS, QUAND LE VIN EST TIRÉ FAUT L'BOIRE!
CE QUE TU BOIRAS, C'EST LA PIQUETTE DE TON HÉMOGLOBINE INFECTÉE, LOUZBEL! JE VOUS CERTIFIE QU'AVANT 500 MÈTRES L'ARMÉE KONDUKATORIALE QUI N'ATTEND QUE CETTE OCCASION VOUS AURA DÉSINGUÉ AVEC SA NOUVELLE ARME AU TOTRANE. PAS UN DE VOUS N'EN RÉCHAPPERA.
TU MENS, L'ACTIVÉE, LE TOTRANE EST TROP PUISSANT POUR ÊTRE CONTENU DANS DES ARMES LÉGÈRES.
OUI C'EST IMPOSSIBLE, PROUVE-LE NOUS.

VOUS VENEZ D'EN AVOIR LA DÉMONSTRATION, ILS ONT MIS AU POINT DES MICRO-EXPLOSIFS A LIBÉRATION DE CONTRAINTE QUI FONT VIBRER TOUTE MATIÈRE JUSQU'A SON SEUIL DE RUPTURE.
J'AI RÉUSSI A ME GLISSER DANS LEUR CENTRE DE STOCKAGE, ET DÉROBER CES ÉCHANTILLONS, IL FALLAIT UNE RÉUNION DE TOUS LES CHEFS DE FOSSE POUR VOUS RENCARDER
IL Y A UN MOMENT POUR TOUT CAMAR-ROS, POUR L'HEURE TOUTE ACTION SERAIT INSENSÉE, REGAGNONS NOS TUNNELS, TOI LOUZBEL, SERS-TOI DONC DE TON CERVEAU, JE SAIS, TU SOUHAI-TES MOURIR PARCEQUE TU ES CONDAM-NÉ !... MAIS NE SACRIFIE PAS TES HOMMES EN VAIN.
C'EST ETRANGEMENT CALME, TROP CALME !
TRAHISON, IL N'Y A PLUS PERSONNE, CES RATS SE SONT ÉCLIPSÉS, ILS NOUS ONT BLOUSÉS.
IL VA FALLOIR ENCORE LES TRAQUER DANS LES SOUS-SOLS NAUSÉABONDS ET SE FARCIR CES SALOPE-RIES DE MOUCHES

MAIS NON, MA PAUVRE PATCHOULI, TU EN METS TROP ! TU ES EXCESSIVE
TU METS TOUJOURS TROP D'APHRODISIAQUE... LE CONTRÔLE DU SEXE EST IMPÉRATIF, IL FAUT LES EXCITER MAIS PAS LES RENDRE FOUS !
JE TE HAIS CHRISANTHÈME, TU CRITIQUES SANS ARRÊT TOUT ÇA PARCEQUE JE RÉUSSIS MIEUX LES COCKTAILS QUE TOI !
OHOH, HALTE À L'HYSTÉRIE LES FILLES ! NE CONFONDEZ PAS TUTU DE BALLERINE ET TORCHONS DE CUISINE ! AU BOULOT SI VOUS VOULEZ GARDER VOS DENTS INTACTES.
CHIENNE LUBRIQUE !
VOILÀ, COMMENT TE TROUVES-TU MON NÉGRILLON, CHÉRI ?
MÊME MA MÈRE NE ME RECONNAÎTRAIT PAS. ENICOSO OMENI ARDIE, LA POULE EST FAITE POUR PONDRE ET MOI POUR FAIRE DES OMELETTES, JE SERAI TA MARMITONNE ADORÉE !
EN REVANCHE, POUR TON ÉTRANGE COMPAGNON, J'AI UNE CACHETTE INSOUPÇONNABLE : LE GÂTEAU DE LA TOMBOLA ! IL EST CREUX ! ON L'EXHIBE POUR AIGUISER LA CONVOITISE SANS LA CONTENTER !
AGENOUILLE-TOI LÀ-DEDANS ! MÊME LES CHIENS NE T'Y TROUVERONT PAS, J'AI SAUPOUDRÉ LA BASE DE POIVRE POUR PERTURBER LEUR ODORAT.
ONURU, OLORDUMARE MO GUELETTI, C'EST À GENOUX QU'ON PRIE DIEU !... ET AVEC LES TROUS SUR LES CÔTÉS TU POURRAS VOIR TOUT CE QUI SE PASSE, MAFERE FUN ORUMILA SEUL DIEU CONNAÎT TON DESTIN.

TU AS DE LA CHANCE, QU'ALOFINA SOIT INTERVENUE, JE T'AURAIS FAIT SAUTER LES PLAQUES DENTAIRES, MOI !
ATTENTION, ATTENTION, NE BLESSEZ PAS LES POULETS KONDUKATORIAUX, TAS DE VAURIENS !
NOS P'TITS SEINS, NOS P'TITS YEUX, NOS P'TITES FESSES TOUT EN NOUS EST AMOUUUUR !

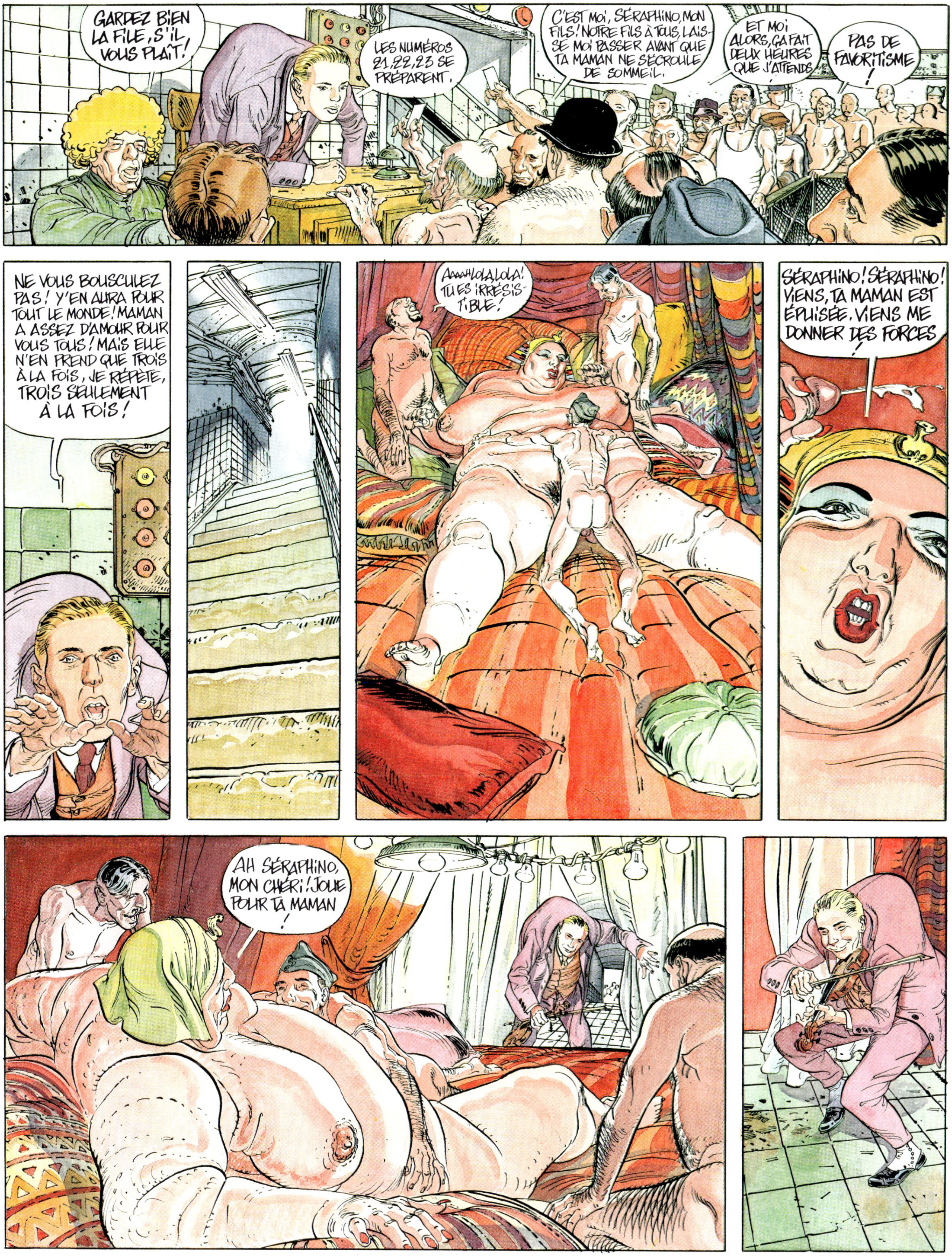
GARDEZ BIEN LA FILE, S'IL VOUS PLAÎT!
LES NUMÉROS 21, 22, 23 SE PRÉPARENT.
C'EST MOI, SÉRAPHINO, MON FILS! NOTRE FILS À TOUS, LAISSE MOI PASSER AVANT QUE TA MAMAN NE S'ÉCROULE DE SOMMEIL.
ET MOI ALORS, ÇA FAIT DEUX HEURES QUE J'ATTENDS.
PAS DE FAVORITISME!
NE VOUS BOUSCULEZ PAS! Y'EN AURA POUR TOUT LE MONDE! MAMAN A ASSEZ D'AMOUR POUR VOUS TOUS! MAIS ELLE N'EN PREND QUE TROIS À LA FOIS, JE RÉPÈTE, TROIS SEULEMENT À LA FOIS!
AAAHLOLA LOLA! TU ES IRRÉSISTIBLE!
SÉRAPHINO! SÉRAPHINO! VIENS, TA MAMAN EST ÉPUISÉE. VIENS ME DONNER DES FORCES!
AH SÉRAPHINO, MON CHÉRI! JOUE POUR TA MAMAN!

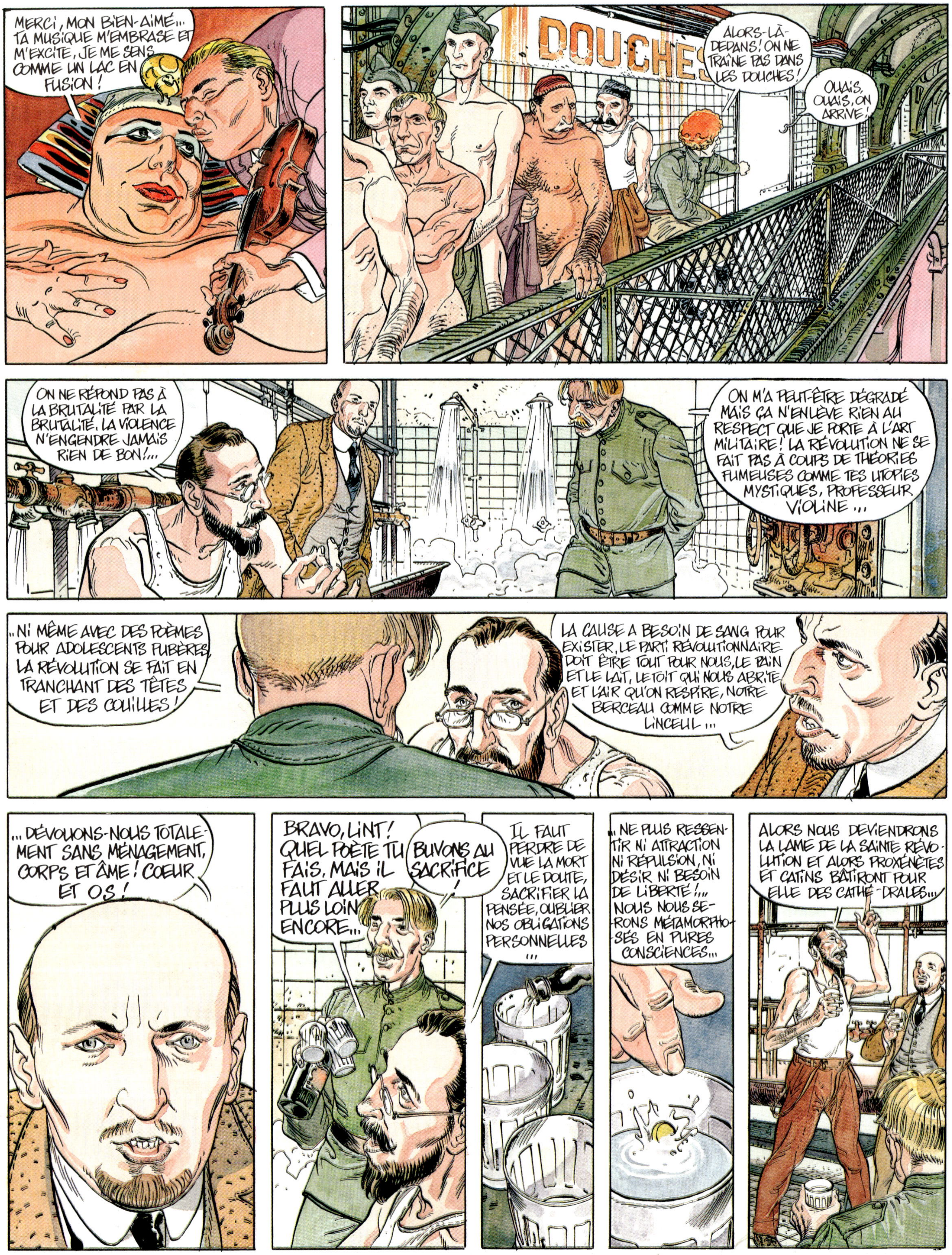
MERCI, MON BIEN-AIMÉ... TA MUSIQUE M'EMBRASE ET M'EXCITE, JE ME SENS COMME UN LAC EN FUSION !
DOUCHES
ALORS-LÀ-DEDANS ! ON NE TRAÎNE PAS DANS LES DOUCHES !
OUAIS, OUAIS, ON ARRIVE !
ON NE RÉPOND PAS À LA BRUTALITÉ PAR LA BRUTALITÉ. LA VIOLENCE N'ENGENDRE JAMAIS RIEN DE BON !...
ON M'A PEUT-ÊTRE DÉGRADÉ MAIS ÇA N'ENLÈVE RIEN AU RESPECT QUE JE PORTE À L'ART MILITAIRE ! LA RÉVOLUTION NE SE FAIT PAS À COUPS DE THÉORIES FUMEUSES COMME TES UTOPIES MYSTIQUES, PROFESSEUR VIOLINE ...
...NI MÊME AVEC DES POÈMES POUR ADOLESCENTS PUBÈRES. LA RÉVOLUTION SE FAIT EN TRANCHANT DES TÊTES ET DES COUILLES !
LA CAUSE A BESOIN DE SANG POUR EXISTER, LE PARTI RÉVOLUTIONNAIRE DOIT ÊTRE TOUT POUR NOUS, LE PAIN ET LE LAIT, LE TOIT QUI NOUS ABRITE ET L'AIR QU'ON RESPIRE, NOTRE BERCEAU COMME NOTRE LINCEUL ...
... DÉVOUONS-NOUS TOTALEMENT SANS MÉNAGEMENT, CORPS ET ÂME ! COEUR ET OS !
BRAVO, LINT ! QUEL POÈTE TU FAIS, MAIS IL FAUT ALLER PLUS LOIN ENCORE...
BUVONS AU SACRIFICE !
IL FAUT PERDRE DE VUE LA MORT ET LE DOUTE, SACRIFIER LA PENSÉE, OUBLIER NOS OBLIGATIONS PERSONNELLES ...
... NE PLUS RESSENTIR NI ATTRACTION NI RÉPULSION, NI DÉSIR NI BESOIN DE LIBERTÉ !... NOUS NOUS SERONS MÉTAMORPHOSÉS EN PURES CONSCIENCES...
ALORS NOUS DEVIENDRONS LA LAME DE LA SAINTE RÉVOLUTION ET ALORS PROXÉNÈTES ET CATINS BÂTIRONT POUR ELLE DES CATHÉDRALES...

MORT À L'HIPPOPOTAME, GLOIRE À L'ÉTERNUEMENT! MORT AU SABRE RENGAINÉ, VIVE L'AUGUSTE FAUCON!... NON AUX KONDUKATORS!...
OUI AUX CAVALIERS NOIR, BLANC, ROUGE DE L'APOCALYPSE!
MAIS?... QU'EST-CE QU...
ÇA, CAMARADES! JE NE SAIS CE QUE... JE ZE... ME SENS PAS... TOUT TOURNE! J..JE VOIS DES LUMIÈRES...
TU T'ES SANS DOUTE TROP LAISSÉ ALLER À L'EXALTATION, MON AMI! OU PEUT-ÊTRE QUE C'EST CE QUE TU NOMMES DIEU QUI A FINI PAR TE RÉPONDRE
BAURA-LA HYÈNE A RAISON, PROFESSEUR VIOLINE OUVREZ LES YEUX PRÊTEZ L'OREILLE, DIEU T'ENVOIE PEUT-ÊTRE UN MESSAGE...
M... MON CORPS EST GELÉ, EMMENEZ-MOI AILLEURS, JE SUIS MALAAADE.

VIOLiiiiiNE
VIOLiiiiiNE
???!!!
QU...QUE SE PASSE...T-IL QUI M'APPELLE ?
SOIS SANS CRAINTE VIOLINE. C'EST MOI, MARIE,
LA VIERGE MARIE. J'AI UN MESSAGE POUR TOI, DONNE-MOI TOUTE TON ATTENTION !
PAR TA FOI SANS SOUILLURE, TU AS MÉRITÉ LE PLUS GRAND DES HONNEURS DIEU T'A ÉLU POUR TRANSMETTRE SES TRÈS SAINTES VOLONTÉS AU PEUPLE DE DAMANUESTRA...
...TU ES LE PROPHÈTE CHOISI POUR DÉSIGNER LE MESSIE TANT ATTENDU !
LE SAUVEUR DE TON PEUPLE ET LE FLÉAU DES KONDUKATORS EST DÉJÀ PARMI NOUS ET TOUS LE SUIVRONT.
OH MÈRE DE DIEU, SOIIIS BÉNIE !
OOOOH UNE LETTRE... ELLE TOMBE DU CIEL ?!!

M... MAIS IL N'Y A RI...EN D'ÉCRIT DESSUS !!!
SEUL LE SOUFFLE DU MESSIE RÉVÉLERA L'ÉCRITURE DU MESSAGE CELUI QUI DEVRA SOUFFLER SE NOMME...
... SÉRAPHINO !
LE FILS DE TOUS SERA LE SAUVEUR DE TOUS, VA ANNONCER LA BONNE NOUVELLE.
J'Y COURS, J'Y VOLE ! OH, SAINTE MARIE !
ALLÉLUIA ! ALLÉ-LUIA !
NOUS SOMMES SAUVÉS ALLÉLUIA ! LA VIERGE M'EST APPARUE !
ÇA A L'AIR D'AVOIR MARCHÉ. MAINTENANT IL FAUT COMPTER SUR LA FACULTÉ DE PERSUASION DE VIOLINE.
LA VIERGE MARIE M'EST APPARUE. DANS CE PARCHEMIN ELLE NOMME CELUI QUI SERA NOTRE SAUVEUR. IL EST PARMI NOUS. C'EST SERAPHINO, C'EST LUI NOTRE SALVATOR !

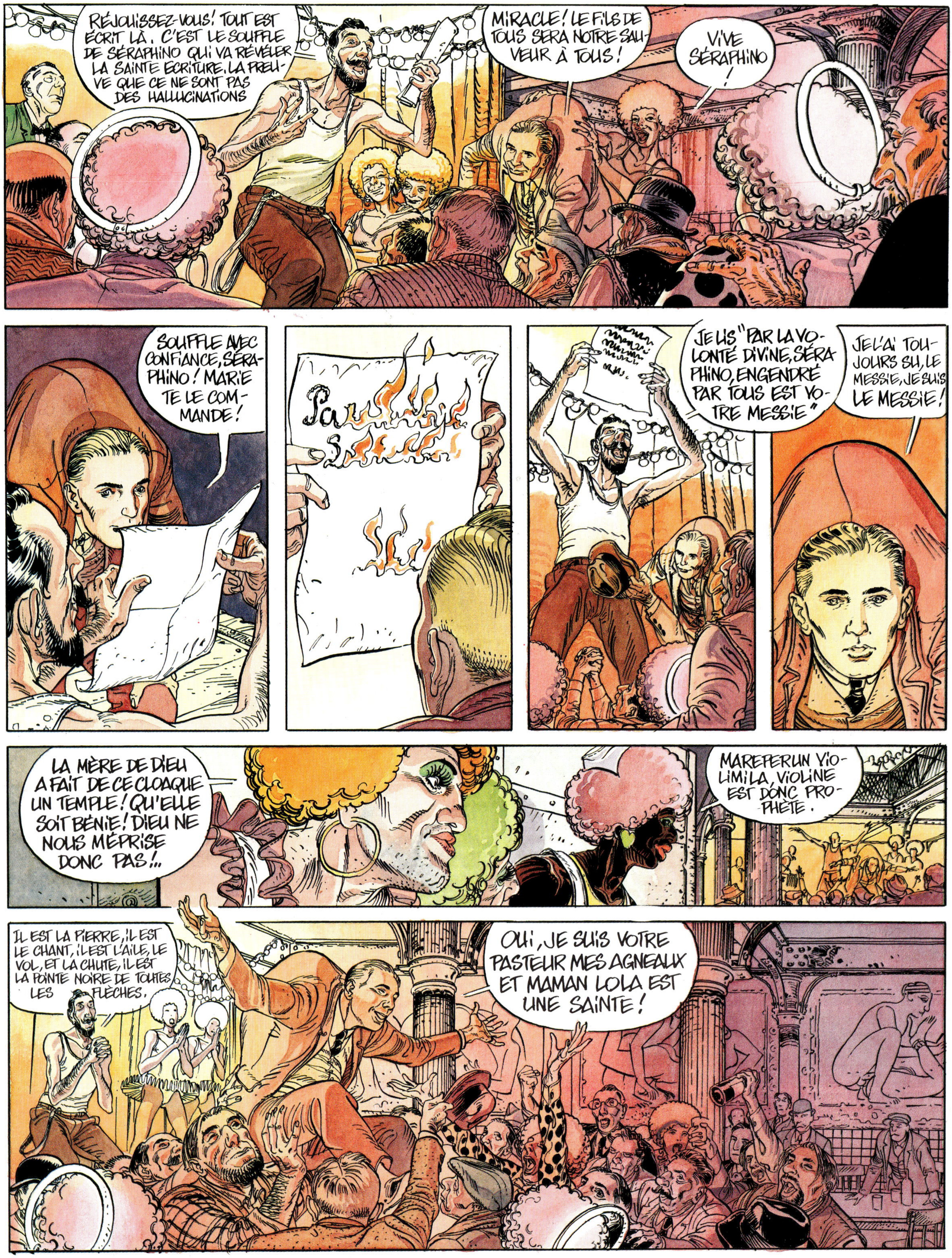
RÉJOUISSEZ-VOUS! TOUT EST ÉCRIT LÀ. C'EST LE SOUFFLE DE SÉRAPHINO QUI VA RÉVÉLER LA SAINTE ÉCRITURE, LA PREUVE QUE CE NE SONT PAS DES HALLUCINATIONS
MIRACLE! LE FILS DE TOUS SERA NOTRE SAUVEUR À TOUS!
VIVE SÉRAPHINO!
SOUFFLE AVEC CONFIANCE, SÉRAPHINO! MARIE TE LE COMMANDE!
JE LIS "PAR LA VOLONTÉ DIVINE, SÉRAPHINO, ENGENDRÉ PAR TOUS EST VOTRE MESSIE"
JE L'AI TOUJOURS SU, LE MESSIE, JE SUIS LE MESSIE!
LA MÈRE DE DIEU A FAIT DE CE CLOAQUE UN TEMPLE! QU'ELLE SOIT BÉNIE! DIEU NE NOUS MÉPRISE DONC PAS!..
MAREPERUN VIOLIMILA, VIOLINE EST DONC PROPHÈTE.
IL EST LA PIERRE, IL EST LE CHANT, IL EST L'AILE, LE VOL, ET LA CHUTE, IL EST LA POINTE NOIRE DE TOUTES LES FLÈCHES.
OUI, JE SUIS VOTRE PASTEUR MES AGNEAUX ET MAMAN LOLA EST UNE SAINTE!

C'EST UN GRAND JOUR POUR NOUS TOUS, ET POUR TOI, LOLA !
QUEL BONHEUR ! MON SÉRAPHINO, LE MESSIE QUE POUVAIT-IL M'ARRIVER DE MIEUX ?
QUE S'EST-IL PASSÉ, ICI ? SEULE UNE CHARGE DE TOTRANE PEUT PROVOQUER UNE TELLE FISSURE !...
S du PLAIS
INSPECTEZ-MOI CE BORDEL DE FOND EN COMBLE !
DEHORS, DES SOLDATS, ILS VEULENT ENTRER !
COMMENT SAVENT-ILS SI VITE ?
LA CONSPIRATION EST DÉJÀ DÉCOUVERTE, IL Y A UN TRAÎTRE, ICI.
NON, C'EST LE DESTIN QUI A ATTIRÉ NOS ENNEMIS POUR QUE LA RÉVOLUTION DÉBUTE ICI ! NOUS ALLONS DEVOIR NOUS BATTRE !
AU TOTALITARISME, NOUS RÉPONDRONS PAR LA TERREUR TOTALE !
NOUS LES TUERONS TOUS ! LA VICTOIRE SE TEINTERA DU SANG DE LEURS ENTRAILLES. TOUS DERRIÈRE MOI !
ALLONS CHERCHER DES ARMES !

IL SEMBLE QUE NOUS AYONS VU JUSTE. IL DOIT Y AVOIR DES INSURGÉS À L'INTÉRIEUR. ILS REFUSENT D'OUVRIR !
EH BIEN ON VA LEUR FAIRE SAUTER LE SYPHON AU BAZOOKA !
FEU !
ATTENTION ! NE TIREZ QU'À MON SIGNAL !
PERSONNE ?!?
FEU !

YA DU RIFFI "CHEZ LOLA", ILS NOUS TIRENT DESSUS ! LE PEUPLE EST DEVENU FOU, ENVOYEZ DES RENFORTS !
LA SAINTE CROISADE A COMMENCE CAMARADES, L'ULTIME ENNEMI DE CETTE BATAILLE T'APPARTIENT, SERAPHINO, PROUVE LEUR QUI TU ES.
VIVE SÉRAPHIN XRISTOS !
CAMARADES, L'ARMÉE NE VA PLUS TARDER, DISPERSONS-NOUS ET VIVE L'ORDRE NOUVEAU !
JE L'AI TUÉ, C'EST POUR VOUS QUE JE LE FAIT, PLUS RIEN NE NOUS RETIENT MAINTENANT !...

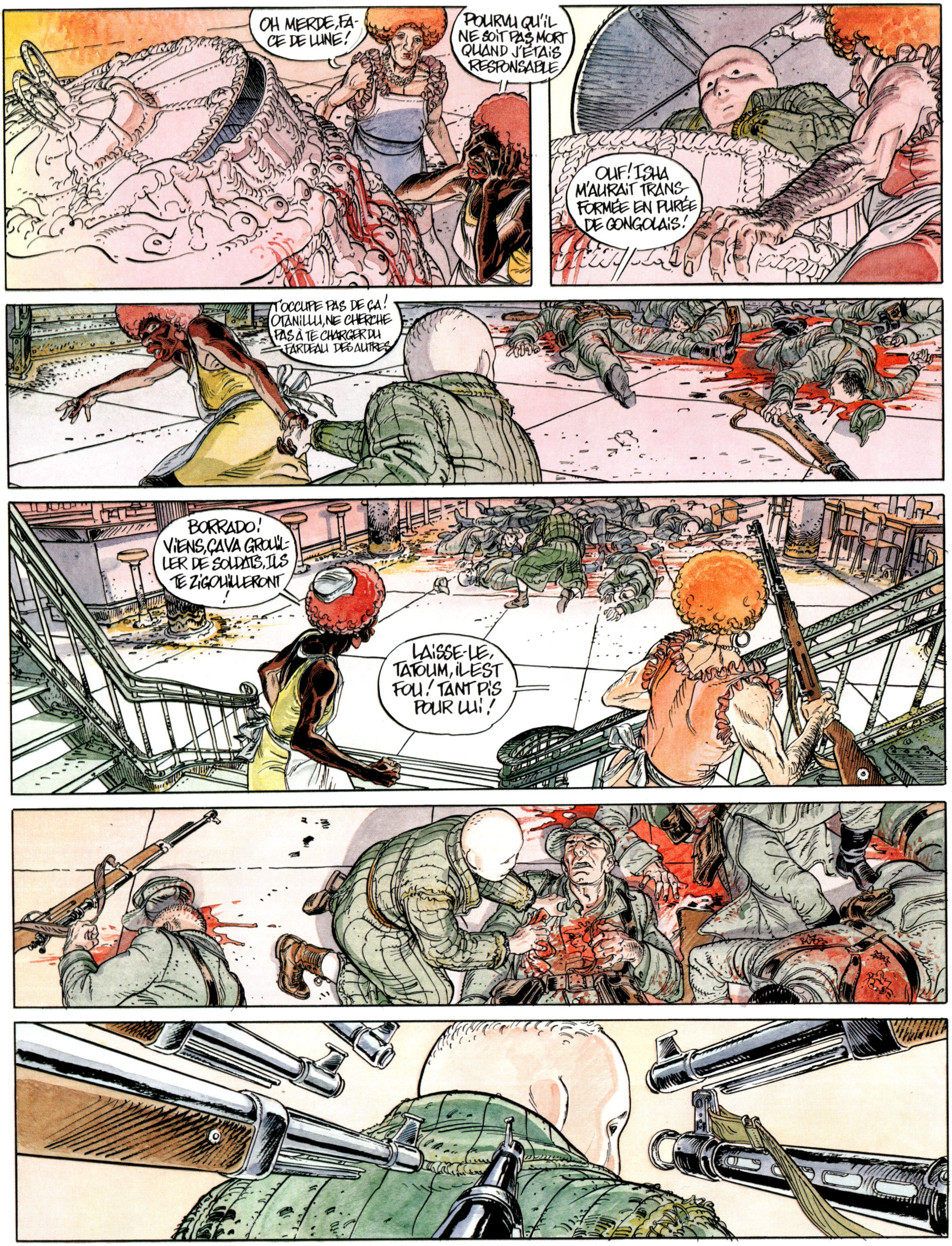
OH MERDE, FACE DE LUNE !
POURVU QU'IL NE SOIT PAS MORT QUAND J'ÉTAIS RESPONSABLE
OUF ! ISHA M'AURAIT TRANSFORMÉE EN PURÉE DE GONGOLAIS !
T'OCCUPE PAS DE ÇA ! OTANILLU, NE CHERCHE PAS À TE CHARGER DU FARDEAU DES AUTRES
BORRADO ! VIENS, ÇA VA GROUILLER DE SOLDATS, ILS TE ZIGOUILLERONT !
LAISSE-LE, TATOUM, IL EST FOU ! TANT PIS POUR LUI !

NON ! NE... NE LE TUEZ PAS !
VOILÀ LOUZBEL, IL Y A LÀ-DEDANS ASSEZ DE SANG POUR TE MAINTENIR EN VIE TROIS BONS MOIS...
MAIS AVANT DE TE LE TRANSFUSER, J'AI UNE CONTREPARTIE À TE DEMANDER.
J'AI BESOIN DE SAVOIR OÙ SE TROUVE ISHA.
JE NE LE SAIS PAS ! JE NE L'AI PAS VUE DEPUIS DEUX SEMAINES AU MOINS.
TU MENS, ON T'A VU AVEC ELLE, HIER SOIR, QUAND VOUS AVEZ COMMENCE VOTRE TOHU-BOHU RIDICULE, TU DOIS LA REVOIR AUJOURD'HUI, OÙ ?
JE NE PEUX PAS TE LE DIRE, CHEZ LES SWINGNEAKS, NOUS AVONS DES LOIS ! NOUS NE POUVONS PAS NOUS TRAHIR... ...JE NE TE DIRAIS RIEN.
MOI AUSSI, J'AI MES RÈGLES SI TU VEUX CE SANG, TU PARLES !

CE DANGEREUX INDIVIDU SEMBLE ÊTRE INVULNÉRABLE À TOUTES LES ARMES CONNUES, VÉNÉRABLE KONDUKATOR ...
...PARTOUT OÙ IL PASSE, IL ENGENDRE CHAOS ET DESTRUCTION. IL SEMBLE QU'IL DISPOSE DE POUVOIRS PSYCHIQUES PARTICULIÈREMENT PUISSANTS...
NE RETIREZ PAS VOS LUNETTES NOIRES... ELLE NOUS PROTÈGENT DE SON EMPRISE HYPNOTIQUE...
...CE MUTANT DIABOLIQUE EST PROBABLEMENT ENVOYÉ PAR LE CONTINENT POUR ÉBRANLER NOTRE SYSTÈME...
DANGER
CETTE FOIS J'AUGMENTE LA DÉCHARGE, ON PASSE LE SEUIL D'INTENSITÉ SUPPORTABLE POUR UN ÊTRE HUMAIN...
NON, MAIS, VOUS VOYEZ ÇA ! IL SOURIT, ON LUI MET LA DOSE MORTELLE ET LUI, IL SOURIT !...
TENEZ, EXCELLENCE ESSAYEZ, DONC CET AUTOMATIQUE IL EST ÉPROUVÉ COMME POUVANT TRAVERSER MÊME UN GILET PARE-BALLES.

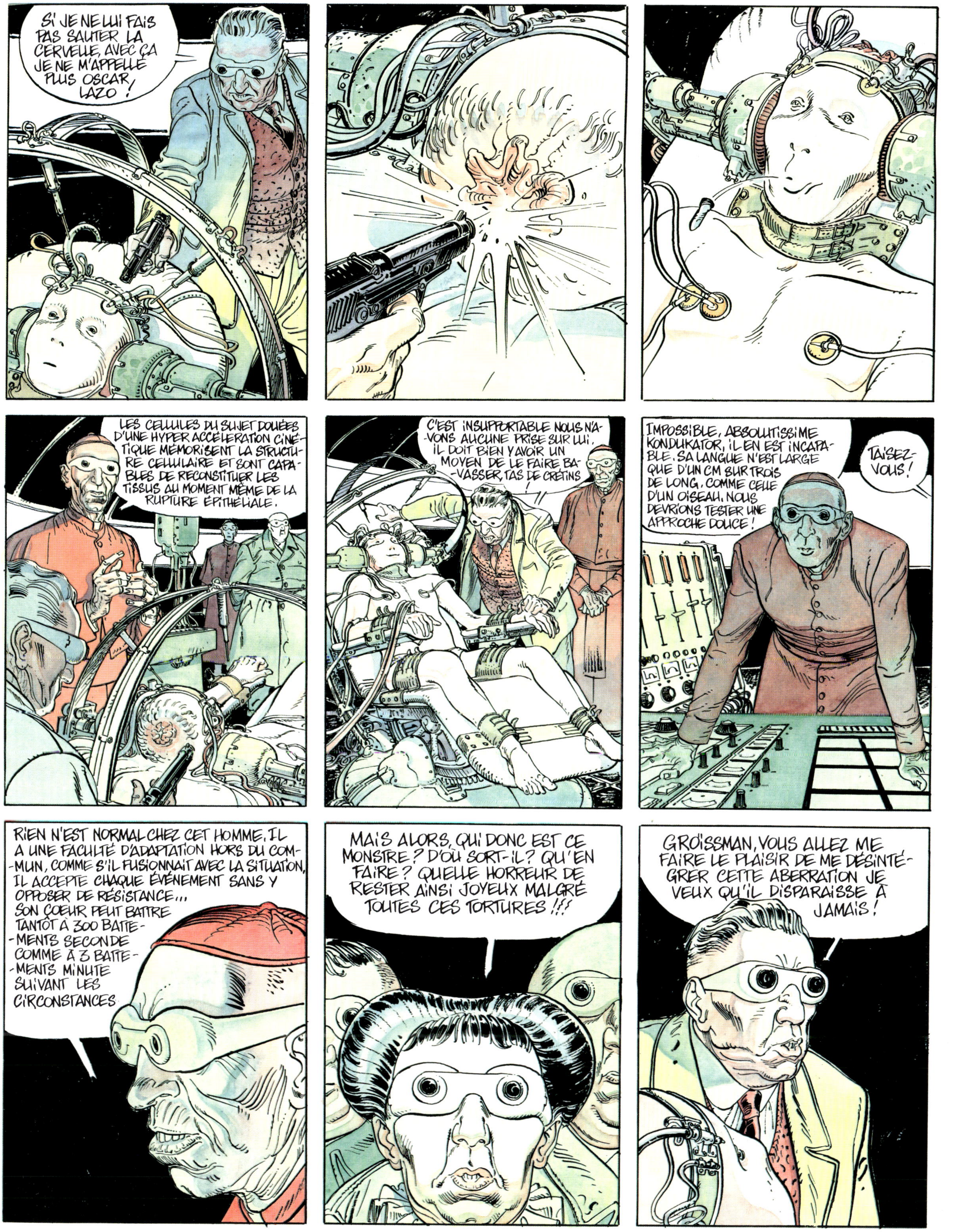
SI JE NE LUI FAIS PAS SAUTER LA CERVELLE, AVEC ÇA JE NE M'APPELLE PLUS OSCAR LAZO !
LES CELLULES DU SUJET DOUÉES D'UNE HYPER ACCÉLÉRATION CINÉTIQUE MÉMORISENT LA STRUCTURE CELLULAIRE ET SONT CAPABLES DE RECONSTITUER LES TISSUS AU MOMENT MÊME DE LA RUPTURE ÉPITHÉLIALE.
C'EST INSUPPORTABLE NOUS N'AVONS AUCUNE PRISE SUR LUI. IL DOIT BIEN Y AVOIR UN MOYEN DE LE FAIRE BAVASSER, TAS DE CRÉTINS !
IMPOSSIBLE, ABSOLUTISSIME KONDUKATOR, IL EN EST INCAPABLE. SA LANGUE N'EST LARGE QUE D'UN CM SUR TROIS DE LONG. COMME CELLE D'UN OISEAU. NOUS DEVRIONS TESTER UNE APPROCHE DOUCE !
TAISEZ-VOUS !
RIEN N'EST NORMAL CHEZ CET HOMME. IL A UNE FACULTÉ D'ADAPTATION HORS DU COMMUN, COMME S'IL FUSIONNAIT AVEC LA SITUATION, IL ACCEPTE CHAQUE ÉVÉNEMENT SANS Y OPPOSER DE RÉSISTANCE... SON COEUR PEUT BATTRE TANTÔT À 300 BATTEMENTS SECONDE COMME À 3 BATTEMENTS MINUTE SUIVANT LES CIRCONSTANCES
MAIS ALORS, QUI DONC EST CE MONSTRE ? D'OÙ SORT-IL ? QU'EN FAIRE ? QUELLE HORREUR DE RESTER AINSI JOYEUX MALGRÉ TOUTES CES TORTURES !!!
GROÏSSMAN, VOUS ALLEZ ME FAIRE LE PLAISIR DE ME DÉSINTÉGRER CETTE ABERRATION JE VEUX QU'IL DISPARAISSE À JAMAIS !

CONDUISEZ-LE AU GÉNÉRATEUR DE TOTRANE ET PULVÉRISEZ-LE !
E... EUH, EXCELLENCE, LA RADIATION TOTRANIQUE EST DES PLUS PÉRILLEUSES POUR DES HOMMES DE NOTRE POIDS. LA GRAISSE MULTIPLIE SES EFFETS CANCÉRIGÈNES.
DOMMAGE, MAIS QUAND C'EST POUR LE BIEN DE TOUS !
ESPÉRONS QUE NOS DOUBLES COMBINAISONS PROTECTRICES AURONT RAISON DES MIASMES RADIOACTIFS.
NOUS ALLONS DEVOIR TRAVERSER LES GALERIES MINIÈRES POUR ACCÉDER AU GÉNÉRATEUR. CE SONT DES MILLIONS DE TONNES DE MINERAI QU'IL A FALLU EXTRAIRE POUR OBTENIR CETTE INFIME GOUTTE D'ÉNERGIE TELLURIQUE À L'ÉTAT PUR...

... LES OUVRIERS QUI TRAVAILLENT AU CHAMP D'EXTRACTION MEURENT VICTIMES DE TUMEURS ET LEUR PROGÉNITURE EST AFFLIGÉE DE DÉBILITÉ CONGÉNITALE ...
ET L'EAU DE MER QUI SERT À LAVER LE MINERAI BRUT, SORT DE CETTE OPÉRATION TRAGIQUEMENT CONTAMINÉE ...
ARRÊTEZ VOTRE EXPOSÉ, J'AI L'IMPRESSION QUE DÉJÀ LES GENCIVES ME SAIGNENT.
BORRADO ! QU'EST-CE QU'IL FOUT LÀ CELUI-LÀ ? ILS SEMBLENT L'EMMENER VERS LE GÉNÉRATEUR.
ON Y EST ! LA RÉSERVE DES ARMES TOTRANIQUES EST DE L'AUTRE CÔTÉ.
C'EST LE SEUL MOYEN D'Y ACCÉDER SANS SE FAIRE VOIR. IL FAUT CONTOURNER LE BLOC DE FUSION.

C'EST LÀ-DEDANS QU'EST ENFERMÉ LE TOTRANIUM !
FACE DE LUNE ! ILS VONT L'EXPOSER AUX RADIATIONS DE LA GOUTTE !
J'ENCLENCHE LE PROCESSUS DE LIBÉRATION DE LA GOUTTE DIVINE. ALEA JACTA EST
CETTE FACE DE CUL A BIENTÔT FINI DE RIRE. LA PUISSANCE DU TOTRANE VA LE DÉNUCLÉARISER.

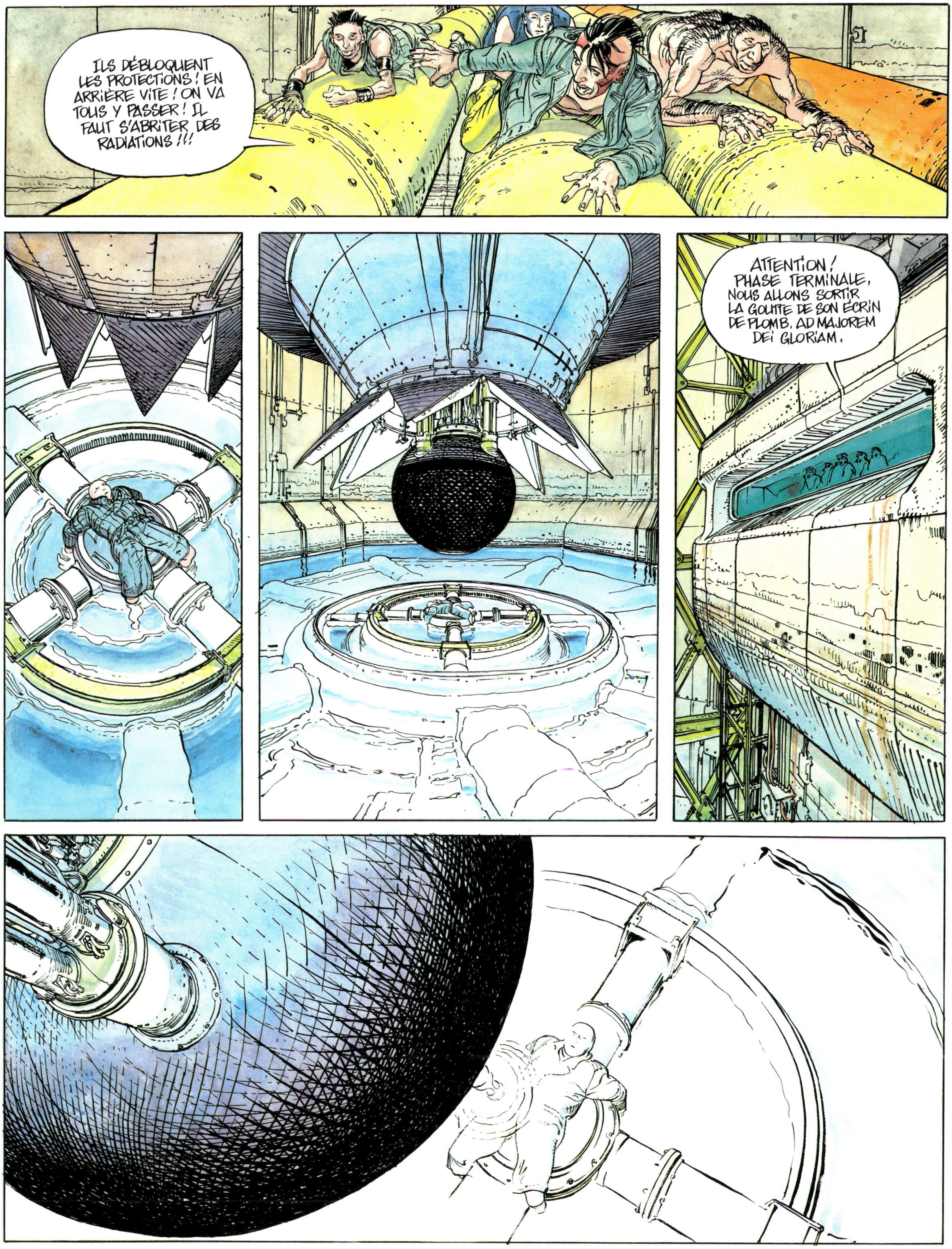
ILS DÉBLOQUENT LES PROTECTIONS ! EN ARRIÈRE VITE ! ON VA TOUS Y PASSER ! IL FAUT S'ABRITER DES RADIATIONS !!!
ATTENTION ! PHASE TERMINALE, NOUS ALLONS SORTIR LA GOUTTE DE SON ÉCRIN DE PLOMB. AD MAJOREM DEI GLORIAM.

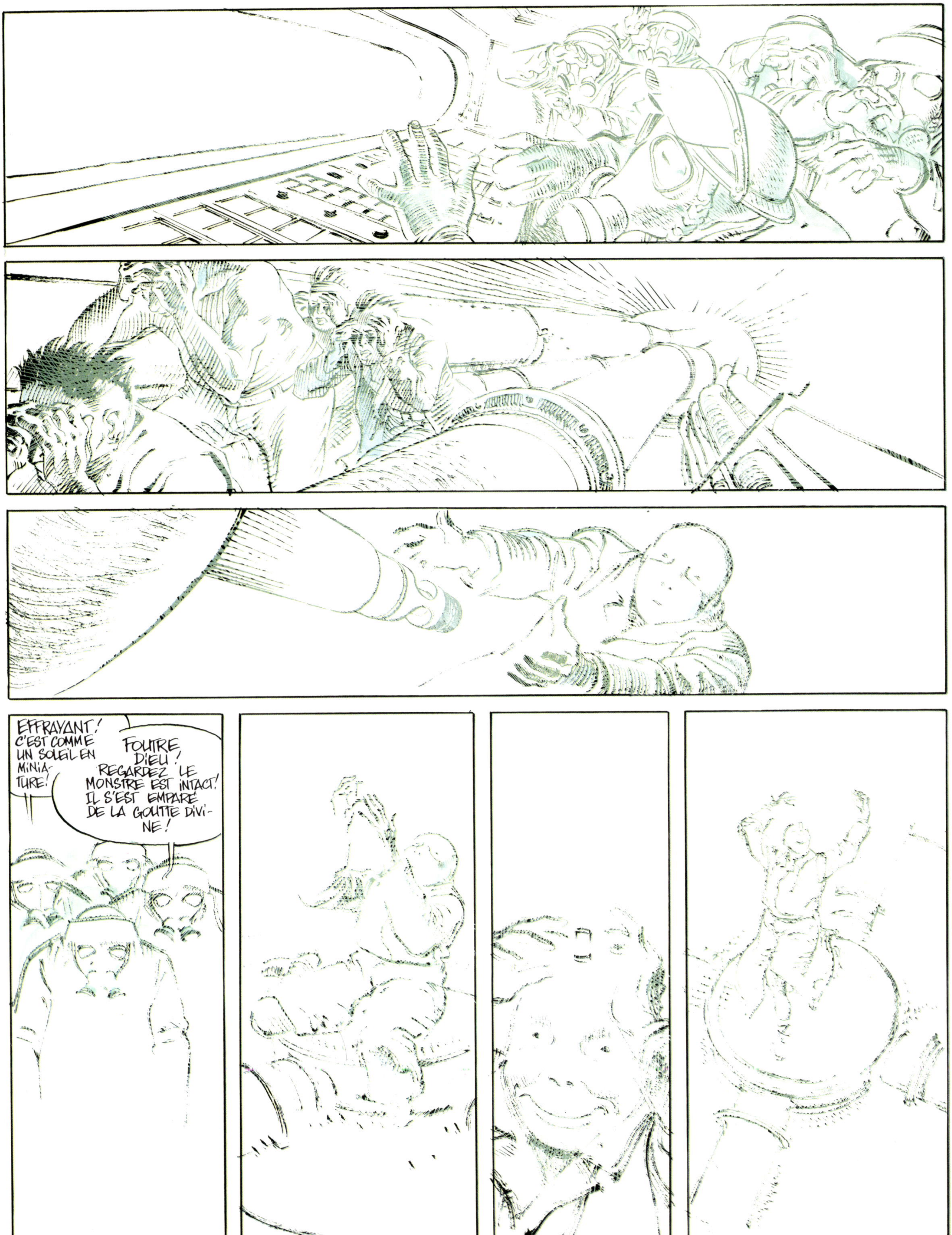
EFFRAYANT ! C'EST COMME UN SOLEIL EN MINIATURE !
FOUTRE DIEU ! REGARDEZ LE MONSTRE EST INTACT ! IL S'EST EMPARÉ DE LA GOUTTE DIVINE !

VOUS AVEZ VU! IL L'A AVALÉE. CE MACAQUE VIENT D'AVALER LA GOUTTE, UN QUART DE SIÈCLE D'EXTRACTION! QUELLE CATASTROPHE!
BON SANG, UNE VAGUE! MALÉDICTION! JUSTE AU MOMENT OÙ ON SE FAIT PIQUER LE TOTRANE SOUS NOTRE NEZ MERDE, MERDE ET REMERDE!!!
CARAÏ!... IL FAUT AU MOINS ENCLENCHER LA PROCÉDURE HABITUELLE DE PROTECTION! IMMERSION TOTALE DU GÉNÉRATEUR!
UNE VAGUE! DANS UN INSTANT TOUS LES CIRCUITS DE REFROIDISSEMENT VONT ÊTRE NOYÉS SORTONS D'ICI.
...CHERCHONS UN ENDROIT QUI SERVIRAIT DE POCHE D'AIR
PAS SI VITE, ISHA!
LES HOMMES DE USHMAN, QU'EST-CE QU'ILS FOUTENT LÀ?

VIENS, ISHA. LE GRAND PRÊTRE NOUS ENVOIE, RÉCUPÉRER SA BREBIS ÉGARÉE.
VOUS ÊTES FOUS, LA VAGUE ARRIVE TOUT VA ÊTRE IMMERGÉ D'UNE SECONDE À L'AUTRE.
UNE SEULE PERSONNE POUVAIT LES RENSEIGNER SUR CET ENDROIT, TOI, LOUZBEL. TU LEUR A DIT. TU M'AS TRAHI, JUDAS !
PARDONNE-MOI ! JE N'AI PAS PU FAIRE AUTREMENT. JE DOIS VIVRE...

MAIS QU'EST-CE QUE C'EST QUE ÇA?
NE RESTEZ PAS LÀ ! VENEZ VOUS ABRITER ICI ! UNE VAGUE AR-RIVE !!!
MAIS, DÉPÊCHE-TOI, PAUVRE INSENSÉ, TU N'AS PAS ENTENDU LA SIRÈNE? TU VAS ÊTRE ENTRAÎNÉ...
VIENS DONC, AU LIEU DE DAN-SER COMME UN INCONS-CIENT !

NOUS SOMMES PERDUS !

L... LA CATHÉDRALE !...
C'EST UN MIRACLE ! LA VAGUE A CARESSÉ MA CATHÉDRALE
QUI ES-TU, TOI, QUI DOMPTES LES VAGUES ET QUI T'AMUSES COMME UN ENFANT... !!
JE PENSAIS QUE JAMAIS PLUS JE NE REVERRAIS MON SAINT TEMPLE ! TA JOIE A RÉJOUI LE COEUR DE MA CATHÉDRALE EN RUINE.
JE SUIS UN VIEIL HOMME, MON ENFANT, MON NOM EST BEZALÉEL, COMME L'ORFÈVRE DE L'EXODE, C'ÉTAIT MON AÏEUL...

... UN SAGE EMPLI DE L'ESPRIT DIVIN CONS-TRUCTEUR DU TABERNACLE ET DE TOUS SES INSTRUMENTS DE GÉNÉRATION EN GÉNÉRATION, MA FAMIL-LE S'EST TRANSMIS L'ART DES CONS-TRUCTEURS ...
JE SUIS LE DERNIER GARDIEN DE CETTE CATHÉDRALE, OU PLUTÔT DE SON SQUELETTE DOULOUREUX...
LES KONDUKATORS ONT PERSÉCUTÉ LES FIDÈLES, DÉMOLI LA CATHÉDRALE ET ASSASSINÉ MES FILS, ET SE SONT ÉRIGÉS LEURS STATUES SAINT OSCAR ET SAINTE LILI !...
ÇA? ...C'EST LE PHARE, OU CE QU'IL EN RESTE!!!
AH, MON BEL ANGE MUET... LE TEMPS S'EN VA ET LA MÉMOIRE AVEC... LA CATHÉDRALE ÉTAIT AUSSI UN PHARE, DONT LA LUMIÈRE ININTER-ROMPUE ATTIRAIT À ELLE TOUTES LES ÂMES
LA LAMPE S'EST ÉTEINTE... ET NOUS MOURRONS DANS LES TÉNÈBRES MAIS, QUE FAIS-TU? FAIS ATTENTION, CES PILIERS SONT VERMOULUS.

CE QUI EST EN BAS DOIT S'ÉLEVER ET CE QUI EST EN HAUT DOIT S'ABAISSER.
HÉ, FACE DE LUNE !?!

TU N'ES PAS MORT! QUELLE MERVEILLE DE TE RETROUVER.
C'EST LA LUMIÈRE QUI T'A GUIDÉE JUSQU'ICI, SOIS TRANQUILLE, SEULS LES COEURS PURS PEUVENT L'APER- -CEVOIR ...
MAIS QU'EST-CE QUI SE PASSE? JE N'ARRIVE PAS A EMPÊCHER MES LARMES DE COULER.
TU NE PENSAIS PAS ÊTRE CAPABLE DE PLEURER. DANS TON MONDE ON APPREND A SOUFFRIR, MAIS VOS COEURS N'ONT PAS DE LARMES POUR AIMER.
ET TOI QUE FAIS-TU LÀ?
C'EST UN LANGAGE À NOUS. IL DIT QUE NOUS SOMMES TROIS, ET TROIS C'EST ASSEZ POUR...?!
... POUR... IL EST FOU!... IL DIT QUE NOUS DEVONS RECONSTRUIRE LA CATHÉDRALE!
IL FAUDRAIT ÊTRE DES MILLIERS POUR S'ATTELER À UNE TÂCHE PAREILLE. IL FAUT DES TONNES DE PIERRES, IL FAUT LES TAILLER DANS LA MONTAGNE. ELLE EST À DES KILOMÈTRES D'ICI. C'EST IMPOSSIBLE.
IL DIT: "SI NOUS NE POUVONS PAS ALLER À LA MONTAGNE, C'EST ELLE QUI SE DÉPLACERA JUSQU'À NOUS!..."

Qui es-tu grande montagne ?
Devant mon ami, deviens une plaine car il arrachera la pierre de faîte...
Dieu a fondé ce temple,
ses mains l'achèveront...